ro
ro
ro

D0885199

Wolfram Hänel

Hilfe –
lost in London!

Eine deutsch-englische Geschichte

Rowohlt Taschenbuch Verlag

Thanks to Cotton McAloon for his own words
(for more information see www. cottonmcaloon.de)

6. Auflage Januar 2013

Originalausgabe
Veröffentlicht im Rowohlt Taschenbuch Verlag,
Reinbek bei Hamburg, August 2007
Copyright © 2007 by Rowohlt Verlag GmbH,
Reinbek bei Hamburg
Lektorat Christiane Steen
Umschlagillustration Heribert Schulmeyer
Umschlaggestaltung any.way, Andreas Pufal
Foto des Autors: © Jochen Lübke
Satz Minion PostScript (InDesign)
bei Pinkuin Satz und Datentechnik, Berlin
Druck und Bindung Druckerei C.H.Beck, Nördlingen
Printed in Germany
ISBN 978 3 499 21409 7

Das für dieses Buch verwendete FSC®-zertifizierte Papier
Lux Cream liefert Stora Enso, Finnland.

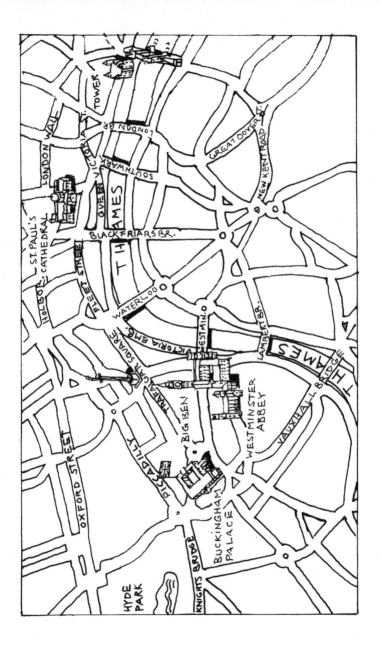

Preface

Angefangen hat alles damit, dass Tommi alleine in die Ferien wollte. Irgendwohin, egal wohin, Hauptsache, seine Eltern wären nicht dabei, um ihn von einer Sehenswürdigkeit zur nächsten zu schleifen. Mit anderen Worten: Tommi hatte die Nase gestrichen voll davon, irgendwelche Schlösser, Kirchen oder Museen bewundern zu müssen, die ihn kein Stück interessierten. Und sich dann nach dem Urlaub mit der versammelten Verwandtschaft auch noch stundenlang die Dias anzugucken, auf denen er vor irgendwelchen Schlössern, Kirchen oder Museen stand und verzweifelt in die Kamera grinste. Mit seiner Mutter neben sich, die ihm glücklich über die Haare strich oder ihm gerade mit ihrem Taschentuch die Eisreste vom Mund wischte. Oder ihm die Nase putzte! Und was Müttern sonst noch so alles einfällt, wenn sie sich von Papa mit ihren Lieblingen fotografieren lassen.

Weshalb Tommi dann eines Tages beim Mittagessen auch erklärt hat, dass er den ganzen Zirkus nicht mehr mitmacht. Weil er schließlich schon fast sechzehn ist und man mit fast sechzehn nun wirklich alt genug ist, um endlich alleine wegzufahren.

Natürlich dachte er, dass seine Mutter gleich in Tränen ausbrechen würde. Oder dass sein Vater ihm einen Vortrag darüber halten würde, wie gefährlich die Welt ist und dass man frühestens alleine weg kann, wenn man mindestens dreißig ist, verschiedene Kurse in Selbstverteidigung gemacht hat und möglichst sowieso nur mit Bodyguard aus dem Haus geht.

Aber nichts da! Seine Eltern hatten nur genickt und ihm freudestrahlend eröffnet, dass sie absolut seiner Meinung wären. Und dass sie auch schon alles organisiert hätten, bis ins kleinste Detail! Sie würden Tommi nämlich im Sommer nach England schicken. Zu einem Sprachkurs. Drei Wochen lang. Mit irgendwelchen wildfremden Leuten. In irgendeine Gastfamilie, wo er Tag und Nacht nur Englisch reden müsste!

Erst hat Tommi noch gehofft, dass seine Eltern nur einen Witz machen würden. Um seine Reaktion zu testen. Oder um ihm gleich darauf mitzuteilen, dass sie natürlich wie immer alle zusammen wegfahren würden, um sich mal wieder eine Runde Schlösser, Kirchen und Museen anzugucken.

Aber seine Eltern meinten es tatsächlich ernst. Und Tommi hatte keine Chance, nicht mal einen Monat später saß er im Bus nach England!

Der einzige Lichtblick war, dass auch Karl mit im Bus saß. Karl aus Tommis Klasse. Dem seine Eltern den gleichen Sprachkurs verpasst hatten. Karl war zwar nicht unbedingt Tommis bester Freund, aber wenigstens war er mit Tommi einer Meinung, dass Sprachferien in England so ziemlich das Schlimmste wären, was Eltern einem antun können.

Zu Anfang schien es auch so, als würden sie recht behalten. Als würden die Ferien tatsächlich eine Katastrophe. Christchurch, das Kaff, in dem sie drei Wochen lang durchhalten mussten, war eine Katastrophe. Ernest, der Englischlehrer, den *sie drei Wochen lang ertragen mussten, war eine Katastrophe. Das Essen, das sie drei Wochen lang runterwürgen mussten, war eine Katastrophe. Und Tommis Gastfamilie war sogar noch schlimmer als jede Katastrophe, eher so was wie der Super-GAU schlechthin, der größte anzunehmende Unfall! Ron und Rosie, die Eltern. Und Ritchie, Mickey und Little David, ihre drei Söhne, die Tommi allerdings eher so vorkamen wie drei Aliens, die ihre Kumpel beim letzten Besuch aus Versehen auf der Erde vergessen haben. Ganz zu schweigen von Dog, dem Collie, der ständig an Tommi hochsprang und ihm übers Gesicht schleckte. Während Ron in voller Lautstärke alte Elvis-Songs hörte und auch noch mitsang. Wofür Rosie ihm dann sein Lieblingsessen kochte, fettes Hammelfleisch mit Kartoffelmatsch und grellgrünen Erbsen, die ungefähr so groß waren wie ausgewachsene Tischtennisbälle. Und die drei außerirdischen Rotzlöffel spielten so lange solche Spiele, wie Little David ganz oben auf einer Pyramide aus wackligen Stühlen festzubinden und ihn mit nassen Klopapierknäueln zu bewerfen.*

Jedenfalls war Tommi sich absolut sicher, dass er in einem Irrenhaus gelandet war. In a nut house. Und dass es wahrscheinlich keine zwei Tage dauern würde, bis er selber reif für die nächste Anstalt war. Mit Zwangsjacke und allem, was dazugehört. Put in a straightjacket, with his arms and legs fixed to the bed.

Aber dann kam doch alles ganz anders. Und Tommi fand seine Gastfamilie gar nicht mehr so blöd. Tommi fand sogar den Sprachunterricht ganz erträglich. Und eigentlich war auch Ernest, der Englischlehrer, ganz nett. Und überhaupt war England ziemlich gut. Zumindest solange Lise in den Englischstunden neben ihm saß. Oder im Bus nach Bournemouth. Oder auf dem kleinen Fährboot, mit dem sie fast jeden Nachmittag zum Hengistbury Head hinüberfuhren, um dann nebeneinander im Sand zu liegen. Oder im Meer zu baden. Oder sich zu küssen. Tommi und Lise ... kurz: Tommi war verliebt! He had fallen in love with Lise.

Lise kam aus Dänemark. Und war im gleichen Sprachkurs wie Tommi und Karl. Lise hatte eine Stupsnase und Sommersprossen und meistens rote Clogs an. Klar, und auch noch Jeans und ein T-Shirt oder ein Kleid. Aber sie hätte auch einen Wintermantel anhaben können und Gummistiefel und einen Zylinder auf dem Kopf, Tommi hätte sich trotzdem in sie verliebt. Weil Lise einfach ... umwerfend war. Und weil sich Tommi jedes Mal, wenn er Lise sah, so fühlte, als hätte er mindestens vierzig Fieber. He had fever, wie Elvis in einem seiner Songs sang. Fever in the morning, fever in the evening, fever at night. Oder so ähnlich. Aber es war ein gutes Gefühl, ein sehr gutes Gefühl sogar!

Karl war übrigens auch verliebt. In Kirsten, Lises Freundin. Und Ernest, der Englischlehrer, war in Helen verliebt, die Englischlehrerin. Und Lise war in Tommi verliebt, Kirsten in Karl, Helen in Ernest. Mit Ernest und Helen waren sie übrigens auch alle zusammen in einer Disco. Wo sie fast von ein paar betrunkenen Skins verprügelt worden wären. Und Tommi und Lise waren allein mit Ernest und Helen in Salisbury, um sich die Kathedrale anzugucken. One of the oldest and biggest cathedrals in England. Wo Tommi dann auf einem mittelalterlichen Markt heimlich einen silbernen Armreifen für Lise gekauft hat. Den er ihr eigentlich zwei Tage später auf dem Barbecue schenken wollte, das sie am Strand gemacht haben. Wozu er dann aber nicht kam, weil er erst mal Enrico das Leben retten musste.

Als Enrico sich nämlich gegenüber Jana wichtig machen wollte und ausgerechnet da baden gehen musste, wo es verboten war. Weshalb Tommi dann auch in der Zeitung stand. BOY SAVES FRIEND FROM DROWNING. Und weshalb Ron und Rosie jetzt auch furchtbar stolz auf Tommi sind. Und die Nachbarn von Ron und Rosie ihn jetzt alle grüßen, und der Inder von der Pommes-Bude am Hafen ihm sogar ein chicken-curry spendiert hat. Curry-Hähnchen extra hot! Wobei «hot» nicht heiß bedeutet, sondern «scharf», verdammt scharf sogar.

Das ist übrigens auch so eine Sache, die sich verändert hat. Also nicht, dass die Curry-Hähnchen jetzt schärfer sind als früher, aber dass Tommi jetzt weiß, dass «hot» scharf heißt. Genauso wie er inzwischen fast immer alles versteht, was Ron oder Rosie so zu ihm sagen. Das meiste jedenfalls. Oder was ihm die drei Rotzlöffel erzählen. Tommis Englisch ist deutlich besser geworden! And it's good enough to understand what English people tell you. Or to read an English newspaper. Particularly when there's something written about you. And it's even better to speak English yourself. To be able to go into a shop and ask the shopkeeper for whatever you want to have. And to realize it works! The shopkeeper does understand you. Und am besten ist es dann, wenn der Ladenbesitzer Tommi *glatt für einen Engländer hält und ihm irgendwas auf Englisch erzählt. Seine Lebensgeschichte zum Beispiel. Bis Tommi endgültig nicht mehr durchblickt und ihm klar wird, dass er doch noch jede Menge lernen muss.*

Aber er übt ja auch mit Lise! Obwohl Lise gar nicht so schlecht Deutsch spricht. Aber sie hat gesagt, sie würde erst dann Deutsch mit ihm reden, wenn er dafür Dänisch lernt. Und Tommis Dänischkenntnisse sind noch sehr eingeschränkt. Eigentlich weiß er nur, was «küssen» heißt – kysser. Also reden sie Englisch miteinander. To kiss. Und das klappt ziemlich gut. Sehr gut sogar.

Fast zwei Wochen sind sie jetzt schon in England. Und morgen fahren sie alle zusammen nach London. Der ganze Sprachkurs. Ernest hat gesagt, dass sie sich erst ein paar Sehenswürdigkeiten zusammen angucken und dann machen können, was sie wollen. Bis zum Abend! Und Karl hat Tommi in die Seite geboxt und gemeint: «Ist doch scharf, Alter. Da zeigen wir den Mädchen mal, wie man so einen Trip angeht. Nur wir beide. Du und ich. Und Lise und Kirsten, klar. Sonst können wir es ihnen ja nicht zeigen. London, we're coming!»

Tommi war zwar nicht ganz so begeistert von Karls Idee, weil er lieber mit Lise alleine losgezogen wäre. Aber er hat erst mal nichts gesagt, sondern nur gedacht, dass es bestimmt eine Gelegenheit geben würde, Karl und Kirsten irgendwo abzuhängen. Im Dungeon zum Beispiel, dem Horror-Museum! Wo Karl unbedingt hinwill. Und wo es unter Garantie so dunkel ist, dass Karl und Kirsten gar nicht merken, wenn er mit Lise plötzlich verschwunden ist.

Er hat sich zu Lise gebeugt und ihr ins Ohr geflüstert: «I'll take you to places you've never seen before.»

Und Lise hat gelacht und zurückgeflüstert: «I hope you do …»

⊞ One

Tommi wird wach, weil er plötzlich das Gefühl hat, dass er nicht allein in seinem Zimmer ist. Ist er auch nicht. Als er die Augen aufschlägt, stehen die drei Rotzlöffel vor seinem Bett und kichern. Ritchie und Mickey und Little David. Sie sehen alle drei aus, als kämen sie gerade frisch aus der Dusche. Jedenfalls sind ihre Haare noch nass, und ihre Gesichter leuchten richtig. Wie frischgewaschen eben. Und sie haben eindeutig ihre Sonntagsklamotten an! Frischgebügelte weiße Hemden. Und dunkelblaue Strickbinder dazu und Anzüge aus irgendeinem glänzenden Stoff. Ritchie und Mickey mit langen Hosen und blankgeputzten Lederschuhen, und Little David als Jüngster mit kurzen Hosen und dunkelblauen Socken in seinen Sandalen.

«Hä?», macht Tommi benommen, «ist irgendwas?»

Denn bisher kennt er die drei Rotzlöffel nur in Jeans und Turnschuhen und mit irgendwelchen grellbunten T-Shirts, die meistens so aussehen, als müssten sie dringend mal wieder in die Waschmaschine.

«Today is the day», erklärt Ritchie ganz ernst.

«You're going to London», nickt Mickey.

«And we're going …», plappert Little David los. Aber bevor er seinen Satz zu Ende kriegt, hält ihm Mickey schnell die Hand auf den Mund.

«Hush!», sagt er. «It's a secret!»

Tommi rappelt sich hoch.

«I know that I'm going to London today», sagt er. «But what's the matter with you? You look as if …»

«We're going somewhere too», erklärt Ritchie.

«But it's a secret», ergänzt Mickey.

«It's top secret», sagt Little David mit großen Augen.

Tommi tippt sich an die Stirn.

«You're talking rubbish», sagt er.

Die drei kichern und stoßen sich gegenseitig mit den Ellbogen in die Seite.

Gleichzeitig brüllt Ron von unten: «Breakfast time! Make your way down here, boys!»

Der Duft nach gebratenem Frühstücksschinken weht die Treppe hoch. Gefolgt von Elvis in voller Lautstärke: *That's all right mama …*»

Die drei Rotzlöffel poltern kreischend die Stufen runter. Natürlich nicht, ohne sich gegenseitig zu schubsen und zu stoßen, weil jeder unbedingt der Erste sein will. Weshalb Little David dann auch prompt in wütendes Geschrei ausbricht, als die beiden anderen vor ihm an der Küchentür sind. Was wiederum Dog, der Collie, zum Anlass nimmt, nun seinerseits zu heulen und zu kläffen, als hätte ihm jemand den Schwanz platt gequetscht. Was wahrscheinlich auch genauso war …

Tommi schnappt sich seine Klamotten und verzieht sich ins Badezimmer. Seine Gastfamilie ist wirklich nicht ganz dicht, denkt er noch, während er sich die Zähne putzt. Aber zumindest wird es nie langweilig mit ihnen! Und irgendwie mag er die ganze Bande inzwischen sogar richtig gerne, selbst Elvis mit seiner Schmalzstimme, der ja quasi auch zur Familie gehört.

«*That's all right mama*», singt Tommi leise mit, während er sich zum Spiegel beugt, um einen Pickel an seinem Kinn zu killen. «*That's all right …*»

Tommi guckt auf seine Uhr. In nicht mal einer Stunde wird er mit Lise und den anderen im Bus sitzen, um nach London zu fahren!

Als er in die Küche kommt, hat Rosie ihm schon den Teller vollgehäuft. Spiegelei, gebratener Schinken, Würstchen, gegrillte Tomaten und in der Pfanne geröstetes Toastbrot. Und keine weißen Bohnen in Tomatensoße, die Tommi nämlich nicht mag. Obwohl das Frühstück so natürlich nicht perfekt ist, wie Ron ihn immer wieder zu überzeugen versucht. Eigentlich ist es überhaupt kein Frühstück! Nach Rons Meinung zumindest.

«A breakfast without baked beans is no breakfast at all», wird er nicht müde, jedes Mal aufs Neue anzubringen.

Und Little David kräht jedes Mal: «Because it doesn't make you fart!»

Und fängt sich jedes Mal einen bösen Blick von Rosie dafür ein. Genauso wie Mickey, der dann immer prompt ein Pupsgeräusch imitiert, damit Tommi auch wirklich kapiert, was Little David gesagt hat.

Aber heute ist es irgendwie anders: Keiner sagt was, alle starren Tommi nur an, als würde mit ihm irgendwas nicht stimmen. Und dann steht Ron auch noch auf und stellt den CD-Spieler aus!

«Good morning», sagt Tommi irritiert und setzt sich.

«I don't know if it's really a good morning», meint Ron mit zusammengezogenen Augenbrauen.

«You're going to London today», flüstert Ritchie quer über den Tisch hinweg.

«Yes, I know», stottert Tommi, «but …»

«Do you really want do go to London with your ordinary jeans and sneakers and this hoody on?», unterbricht ihn Ron.

Tommi guckt an sich runter. Stimmt, natürlich, er hat seine Jeans und seine Turnschuhe an und das Kapuzen-Shirt, aber …

Erst jetzt fällt ihm auf, dass Ron einen Anzug trägt. Aus dem gleichen schillernden Material wie die drei Rotzlöffel. Und Rosie hat ein Kostüm an und darunter eine weiße Bluse mit einem bestickten Kragen.

«But …», setzt Tommi wieder an. «I thought it's fine and …»

Ron schüttelt den Kopf.

«It's something extraordinary to see the capital of England», erklärt er. «What will your teacher say when you appear wearing the same things that you wear every day?»

«I don't know», stammelt Tommi. «I don't think he'll be dressed any differently than other days. And neither will my friends …»

Ron zuckt mit der Schulter.

«Well, it's up to you. You know what you're doing.»

«I think it's okay», meint Tommi. Das ist ja plötzlich schlimmer als bei ihm zu Hause, denkt er. Auf die Idee, sich extrafeine Klamotten anzuziehen, um in die Stadt zu fahren, käme ja nicht mal sein Vater!

«Have your breakfast, Tommi», fordert ihn Rosie jetzt auf. «Before it gets cold.» Und an die anderen gewandt, setzt sie hinzu: «They probably see it differently in Germany …»

«Genau», nickt Tommi schnell. «We don't care so much about things like that.»

Aber Ron scheint ihm nicht zu glauben. Jedenfalls zeigt er ganz deutlich, dass er mit Tommis Antwort nicht zufrieden ist.

Tommi säbelt sich einen Bissen Toastbrot ab. Aber auf halbem Weg zum Mund stutzt er.

«But … I mean, when I go to London, why do you wear your best clothes then?», fragt er.

«Because we're going …», kräht Little David los. Aber wieder hält ihm Mickey schnell die Hand vor den Mund.

«It's a secret», flüstert er.

Tommi kapiert überhaupt nichts mehr. Irgendwas stimmt hier nicht, so viel ist klar. Aber er weiß beim besten Willen nicht, was.

«Where are you heading for in London?», fragt Rosie, als wollte sie möglichst schnell das Thema wechseln. «Are you going to see Trafalgar Square?»

«Of course they are», sagt Ron. «Everybody goes to see Trafalgar Square!»

Im nächsten Moment reden sie alle durcheinander. Und überbieten sich gegenseitig mit Vorschlägen, was sich Tommi unbedingt alles angucken muss.

«Piccadilly is a must», sagt Rosie. «And St. Paul's Cathedral!»

«Madame Tussaud's!», ruft Ritchie, «they've got everybody there, the Beatles and The Rolling Stones and Madonna and …»

«Elvis», nickt Ron.

«The Dungeon is dead cool», erklärt Mickey. «It's pure horror!»

«The Horse Guards», kräht Little David. «We're going to …»

Mickey verpasst ihm einen Tritt vors Schienbein.

«Nowhere», sagt Little David.

«I'll be joining the Horse Guards when I'm old enough», sagt Mickey.

«Of course you will», nickt Ron.

«I won't», meint Ritchie mit vollem Mund. «I won't join the Army. I'll become a rock musician instead.»

«You're a nut!», erklärt Little David und zeigt seinem Bruder einen Vogel.

«And that is that», stellt Ron fest. Nicht ohne Tommi einen bösen Blick zuzuwerfen, als könnte er etwas dazu, dass Ritchie plötzlich kein Soldat mehr werden will.

«Time to go», beendet Rosie die Diskussion und zeigt auf die Küchenuhr. «We'll take you to the station», setzt sie für Tommi hinzu.

«Great», nickt Tommi. «But you don't have to, I've got time enough to walk …»

«We will», erklärt Ron.

«All of you?», fragt Tommi irritiert, als sie aufstehen und ihre Teller zur Spüle bringen.

«All of us. We'll take the truck. You'll have to squeeze in a little bit, but we were going by truck anyway.»

«We are going in the same direction», setzt Mickey noch hinzu.

«But where are you heading for?», fragt Tommi, nachdem er kapiert hat, dass sie offensichtlich sowieso irgendwohin wollen. Mit Rons Laster. Und in ihren besten Klamotten …

«Top secret», sagt Ron.

Die drei Rotzlöffel kichern.

Rosie füllt den Futternapf für Dog und stellt ihm frisches Wasser hin.

«Are you sure that you don't want to change your clothes?», fragt Ron nochmal, als sie schon an der Haustür sind.

«It's okay», beruhigt ihn Tommi, «my friends will go in jeans, too. And I don't have a suit. I don't even have one at home, in Germany!»

«No suit?», fragt Mickey entsetzt. Als würde er zum ersten Mal von jemand hören, der keinen Anzug besitzt. Oder als würde ihm gerade klar, dass Tommi wohl so ziemlich der ärmste Penner sein muss, den es in ganz Deutschland gibt.

«He has got no suit!», kräht Little David und zupft aufgeregt am Kostümärmel seiner Mutter.

«No suit!», bestätigt Tommi.

«That's cool», lässt sich Ritchie vernehmen. «Dead cool!»

Wieder bekommt Tommi einen bösen Blick von Ron ab. Dann klettern sie in Rons Laster, und Tommi quetscht sich mit den drei Rotzlöffeln auf die schmale Rückbank.

Als sie auf den Platz vorm Bahnhof einbiegen, kommt von der anderen Seite gerade der Reisebus, der sie nach London bringen soll. Die meisten anderen aus Tommis Sprachkurs sind schon da. Nur Lise und Kirsten noch nicht.

Aber Karl steht neben Ernest und winkt, als er Rons Laster erkennt.

Ron hupt. Um sich gleich darauf zu Tommi zu drehen und zu sagen: «At least your friend knows how to dress for a trip to London!»

Tommi verdreht die Augen.

Karl hat tatsächlich die graue Stoffhose mit der Bügelfalte an und dazu sein bescheuertes Jackett mit den goldenen Knöpfen.

«A well dressed young man», stellt Rosie deutlich beeindruckt fest.

Tommi überlegt kurz, ob er sagen soll, dass Karl zwar vielleicht nach Rosies Meinung gut angezogen ist, aber ansonsten so ziemlich der größte Spinner, der frei rumrennt. Aber dann sagt er nur: «But have a look at my teacher!»

Er zeigt zu Ernest, der mit seinen Boots und der speckigen Lederjacke so gar nicht wie ein Lehrer aussieht. Daran ändert auch die gelbgetönte Nickelbrille nichts, die er aufhat. Eher im Gegenteil.

Ron hält direkt neben dem Reisebus. Dann greift er nach der Straßenkarte und geht zu dem Busfahrer rüber. Natürlich mal wieder, ohne vorher den Motor abzustellen. Der Bedford spuckt also dicke Dieselwolken über den Platz, während Ron in aller Ruhe mit dem Busfahrer den besten Weg wohin auch immer diskutiert.

Tommi klettert aus dem Laster.

«Enjoy your trip, boy», sagt Rosie, «and take care.»

«Have fun, wherever you're going to», meint Tommi. «And thanks for bringing me.»

Die drei Rotzlöffel auf der Rückbank kichern.

«Your teacher looks cool», lässt sich Ritchie vernehmen, «dead cool.»

«He is cool», sagt Tommi grinsend und winkt nochmal zum Abschied. «Dead cool!»

«See you!», ruft Ron zu ihm rüber und streckt den Daumen hoch.

Tommi zeigt ebenfalls seinen Daumen.

Karl kommt auf ihn zu.

«He, Alter, alles klar?»

«Alles klar», nickt Tommi. Er blickt sich suchend um. «Aber wo sind Lise und Kirsten?»

«Waren schon mal hier», erzählt Karl, «aber irgendwas ist los. Ich glaube, sie haben sich gestritten. Weiber eben, kennt man ja!»

«Und jetzt?»

«Sind sie zusammen aufs Klo. Weiber eben, sag ich doch.»

Tommi nickt mit dem Kopf zu Ernest, der sein Handy am Ohr hat und telefoniert.

«Und Helen?»

«Ist krank», sagt Karl. «Diarrhoea.»

«Was?»

«Diarrhoea», wiederholt Karl. «Kennst du nicht? Durchfall, Mann! Big shitting, you know?»

«Ah ...», sagt Tommi.

«Und deshalb machen wir den Ausflug auch nur mit Ernest. Aber wir müssen sehen, dass wir uns möglichst schnell absetzen, nicht dass er die ganze Zeit an uns dranklebt, weil er sonst niemand zum Quatschen hat!»

«Schon klar», nickt Tommi.

Ernest steckt sein Handy in die Tasche und winkt sie alle zu sich. Er will irgendwas sagen. Aber dann sieht er Lise und Kirsten aus dem Bahnhof kommen und wartet, bis sie bei ihnen sind.

Kirsten stellt sich neben Karl, der ihr den Arm um die Schultern legt und ihr irgendwas ins Ohr flüstert.

Lise bleibt bei Enrico und den anderen stehen und nickt Tommi nur kurz zu. Dann guckt sie schnell weg.

Ernest räuspert sich.

«Boys and girls, may I have your attention please! Helen doesn't feel too good today and will stay in bed. So I'll be the only teacher with you on your trip to London ...»

Er zögert, als hätte er noch was vergessen. Im gleichen Augenblick scheppert Rons Laster an ihnen vorbei. Ron hupt. Rosie winkt. Die drei Rotzlöffel hängen hinter der

Scheibe und quetschen sich die Nasen platt. Little David streckt Tommi zum Abschied die Zunge raus.

Ernest zählt mit dem Finger, ob sie alle da sind.

«Right», sagt er dann, «get on board, please!»

«Letzte Reihe!», ruft Karl zu Tommi rüber und stürmt los, «ich halt schon mal die Plätze frei!»

Tommi guckt zu Lise. Lise wartet, bis Kirsten und die anderen eingestiegen sind. Als sie dann einfach so an Tommi vorbei will, hält er sie am Arm fest.

«Hey!»

«Why don't you join your friends in the last row?», fragt Lise. «I'll stay here.»

Sie zeigt auf die beiden freien Plätze gleich hinter dem Fahrer.

«I'll stay with you», erklärt Tommi ratlos.

Lise zuckt mit der Schulter und lässt sich auf den Sitz am Fenster fallen.

Als Tommi sich neben sie setzt, wendet sie den Kopf ab und guckt nach draußen.

Two

Sie sind schon eine ganze Weile aus Christchurch raus und längst auf der Landstraße, als Tommi findet, dass sie sich jetzt genug angeschwiegen haben. In der Reihe hinter ihnen labert Enrico wie üblich irgendwelches Zeug. Und natürlich mal wieder so laut, dass ihn jeder hören muss. Dass er schon mal in London gewesen wäre, zur Jahrtausendwende, und dass sie unbedingt alle mit dem Riesenrad fahren müssten.

«London Eye», erklärte er gerade, «one of London's top attractions. The wheel is the largest in the world and the view over London is spectacular! We really shouldn't miss a ride in one of the gondolas!»

«I'm afraid you'll miss your ride», wirft Ernest von seinem Platz neben dem Fahrer ein. «Because normally you have to book 14 hours in advance. It's not only the world's largest wheel but it has the longest queues ever seen ...»

Tommi beugt sich zu Lise.

«I don't want to go there», flüstert er. «Do you?»

Lise gibt keine Antwort, sondern starrt nur weiter auf die Wiesen und Felder, die vor dem Fenster vorbeihuschen.

«I mean», versucht Tommi es nochmal, «imagine you've been standing in a queue for hours, only to sit in a gondola and then look at London from above. And then there's a breakdown in the electricity and you're trapped on top of the wheel for the whole day! And it's not only you and me in the gondola, but also Enrico, chatting you up all the time ...»

«Pure horror», flüstert Lise und hält sich die Hand vor den Mund, weil sie kichern muss. Aber sie guckt Tommi immer noch nicht an. Also macht Tommi weiter. Dass sie nicht nur in einer der Gondeln in der Falle sitzen und von Enrico zugequatscht werden, sondern dass sie zum Schluss mit dem Hubschrauber befreit werden müssen.

«Rescued by helicopter», sagt Tommi, «with a rope. And

Enrico still shouting on top of his voice: Oh my dear, look at the spectacular view!»

«Are you talking about me?», fragt Enrico von hinten.

«No, not you», sagt Tommi ganz ernsthaft. «Just about a guy with sunglasses who's hanging on a rope underneath a helicopter and getting on everybody's nerves!»

Lise lacht laut los.

Aber gleich darauf stößt sie Tommi ihren Ellbogen in die Seite und sagt: «Stop it, please. I don't want to laugh. I'm annoyed. And sad.»

«Hey …»

Tommi streicht ihr die Haare aus dem Gesicht.

«What's the matter? Why are you annoyed? Is it something to do with me?»

«No. It's nothing to do with you.»

Na wenigstens das nicht, denkt Tommi erleichtert. Aber worum geht es dann? Über wen oder was ist Lise so verärgert, dass sie noch nicht mal mehr mit Tommi reden will?

«Is it Kirsten?», fragt er.

Lise schluchzt auf. Dann drückt sie plötzlich ihr Gesicht an Tommis Brust.

«Yes», flüstert sie, «it's Kirsten.»

Tommi streicht ihr über die Haare.

«Tell me …»

«I hate her!», schluchzt Lise.

Tommi beugt sich ganz dicht zu ihr, um sie verstehen zu können.

«She's so bossy! She always wants to tell me what's good

for me and what isn't. What I should do and what I shouldn't do. One day she says my lipstick is too red and my skirt is too short, and the next day it's my hair or my nails, or she says I'm getting fat …»

«I always thought she was your best friend», sagt Tommi leise.

«Yes, she is! And that's making it worse!»

«Logo», nickt Tommi. Obwohl er gerade überhaupt nichts mehr kapiert. Kirsten meckert die ganze Zeit an Lise rum, aber trotzdem sagt Lise, dass sie ihre beste Freundin sei?

«But that's not all …», flüstert Lise an Tommis Brust.

«What else?»

«Today she said something about you …»

«And what?»

Lise richtet sich auf und guckt Tommi genau in die Augen.

«That you're no good for me», sagt sie leise. «She said you're too young. And a bit silly!»

«Hä?», macht Tommi. «Die blöde Kuh! Die spinnt doch, also, ich meine, das geht die doch gar nichts an, und wieso überhaupt ein bisschen dumm …?»

«What?»

«I'm getting annoyed now», sagt Tommi. «Really annoyed. I'll go and ask her …»

Tommi ist echt empört. Er will aufstehen, um nach hinten zu gehen und Kirsten zur Rede zu stellen.

«No», flüstert Lise schnell und zieht ihn auf seinen Sitz zurück. «Perhaps she's right …»

«That I'm silly?», stottert Tommi.

«No.» Lise schüttelt den Kopf. «But too young perhaps.»

«But I'm nearly sixteen and …»

«Forget it», flüstert Lise und drückt sich ganz dicht an ihn. «It's only that …»

«What?», fragt Tommi wieder.

«Forget it», wiederholt Lise und küsst ihn.

Im selben Moment fühlt Tommi eine Hand auf seiner Schulter. Und dann hört er auch schon Karls Stimme.

«Na, ist gerade Knutschen angesagt, oder was?»

Karl grinst.

Lise verdreht die Augen und guckt wieder zum Fenster raus.

«Okay», meint Karl. «Sorry, dass ich störe. I apologize, Leute.»

Dann beugt er sich zu Tommi und fragt leise: «Weißt du eigentlich, was los ist mit den beiden? Die scheinen ja irgendwie voll sauer zu sein. Aber ich blick nicht durch, weshalb. Hat Lise irgendwas gesagt?»

«Nicht jetzt», meint Tommi.

«Au Mann», stöhnt Karl. «Aber ins Dungeon gehen wir doch trotzdem zusammen, oder was? Und sonst gehen eben nur wir beide, du und ich, ist vielleicht auch besser so. Die Mädchen machen sich garantiert in die Hose, wenn sie da die verstümmelten Leichen und das alles sehen. Also, was ist?»

Tommi zuckt mit der Schulter.

«Oh no», regt sich Karl auf. «Ihr spinnt doch alle, Leute! Was ist das denn für ein Trip? Das ist ja wie auf einer Beerdigung! – Können wir vielleicht wenigstens mal Musik anmachen?»

Er dreht sich zum Busfahrer.

«Do you have some good music? The Kooks oder so?»

Aber bevor der Busfahrer noch irgendwas antworten kann, mischt sich plötzlich Ernest ein.

«No music, Karl. I want to say something …»

Er greift nach dem Mikrophon.

«Time for a quiz», kommt seine Stimme ein wenig blechern aus den Lautsprechern über ihren Köpfen.

Karl hockt sich leise schimpfend auf die Lehne von Tommis Sitz.

«We're on our way to London», redet Ernest weiter. «And you should know a bit about it. Who can name some famous Londoners? Writers, painters, actors, musicians, whatever … yes, Enrico!»

«Shakespeare», rasselt Enrico los. «Sir Arthur Conan Doyle, Charles Dickens.»

«Angeber», sagt Karl laut.

Ernest tut so, als hätte er Karls Kommentar nicht gehört. Aber Tommi sieht, dass er grinsen muss. Klar, es ist ja auch so, Karl hat völlig recht. Enrico ist ein Angeber. A show-off. A big-talker. Auch wenn Tommi zugeben muss, dass Enrico tatsächlich eine ganze Menge weiß.

«Shakespeare», wiederholt Ernest. «Everyone knows his name. And everyone knows his plays, his tragedies, among them Hamlet, Othello, Macbeth and King Lear …»

«Romeo and Juliet», kommt es von Jana.

Ernest nickt. «And many others. Right. Sir Arthur Conan Doyle and his pipe-smoking, cocaine-snorting Sherlock Holmes, Charles Dickens and Oliver Twist.» Er blickt zu Enrico. «You forgot Daniel Defoe! Does anyone know what Daniel Defoe wrote?»

«Tom Sawyer», sagt Karl.

«Robinson Crusoe», korrigiert ihn Ernest. «The first novel ever.»

«Hugh Grant is from London too», ruft irgendein Mädchen von hinten.

«And Charlie Chaplin», nickt Ernest, «Alfred Hitchcock …»

«Keira Knightley!», ruft Jana. «Naomi Campbell, Kate Moss.»

«Well educated guys», grinst Ernest. «Who else?»

«Jack the Ripper», sagt Lise.

«Cool», meint Karl.

«Dead cool», sagt Tommi.

«Give me some musicians», verlangt Ernest. «So what?», fragt er dann, als keiner etwas sagt. «There are probably hundreds of bands from London, The Kinks, The Rolling Stones, The Who, David Bowie, Queen, Pink Floyd, Led Zeppelin …»

«Alles alte Kacke, oder?», fragt Karl. «Kennt doch keiner mehr.»

«The Clash», macht Ernest weiter, ohne sich um Karl zu kümmern, «Blur, Coldplay, Pulp, Bloc Party, The Kooks …»

«Echt?», fragt Karl beeindruckt.

Ernest nickt.

«The Beatles», kommt es von Enrico.

Ein paar Leute lachen.

«Au Mann, bist du blöd», regt sich Karl auf. «They're from Liverpool, weiß doch jeder!»

«Right», sagt Ernest, «but they've got their recording studio in London, and it still exists, and the Beatles' Abbey Road Studio will be our first place of interest for today, before we go to the City.»

«Was?», fragt Karl.

«Wir gucken uns das Studio von den Beatles an», erklärt Tommi.

«Na toll», meint Karl. «Ich dachte, wir wollten irgendwohin, wo es echt spannend ist, und nicht irgendwelchen Quatsch angucken, der keinen interessiert …»

Auch ein paar von den anderen beschweren sich.

Bis Ernest leicht genervt die Hände hebt.

«Do me this little favour, please», sagt er. Und dann erzählt er, dass sie sich nicht das Tonstudio angucken sollen, sondern nur kurz an dem Zebrastreifen haltmachen, der auf dem Cover von irgendeiner alten Beatles-Platte ist.

«The title of the record is ‹Abbey Road›. And you just see a zebra crossing, with John, Paul, George and Ringo crossing the street. My favourite record cover of all!», schwärmt Ernest. «Just give me five minutes there to take a photo …»

«Versteh ich das jetzt richtig», beugt sich Karl zu Tommi, «wir gucken uns irgendeinen bescheuerten Zebrastreifen an?»

«Und machen ein Foto, wie Ernest über die Straße latscht», nickt Tommi.

«Na klasse», stöhnt Karl und verzieht sich wieder nach hinten zu Kirsten.

Aber dann stecken sie sowieso erst mal im Stau. Weil auf der Autobahn vor ihnen ein Unfall passiert ist. Es muss ein ziemlich schlimmer Unfall sein, inzwischen sind schon vier oder fünf Krankenwagen mit Blaulicht und Sirene auf dem Standstreifen an ihnen vorbeigerast. Und jetzt kommt auch noch ein Rettungshubschrauber!

Ernest nutzt die Gelegenheit, um ihnen noch ein bisschen von London zu erzählen.

«Today London has got more than seven million inhabitants. And more of one third of Londoners were born outside the country. More than 300 languages are spoken in the city and some 40 ethnic groups live together here, among them many people from India and China and most recently from Eastern Europe, and of course it's not only a multicultural harmony but there are some major problems …»

Logisch, denkt Tommi, wenn Leute von sonst woher zusammenleben, gibt's immer Probleme.

«It's a pity that people can't just live together in peace», flüstert ihm Lise ins Ohr. «That would be a dream! People from everywhere in the world just learning to cope with each other and doing fine …»

«But only a dream», flüstert Tommi zurück. «It will never be that way.»

«But why?»

Tommi zuckt mit der Schulter.

«We even have problems in our language course», sagt er dann, «and we are only twenty people! Just imagine a few hundred Enricos living next door to you.»

Lise kichert. Dann stutzt sie.

«You're talking rubbish», sagt sie leise. «Enrico isn't too bad at all. On the contrary, I think he's nice and gentle inside, he's only trying to hide it by his posturing. And maybe it's up to us to make more of an effort to recognize his good points.»

«Oh no», sagt Tommi. Was soll das denn jetzt, denkt er, soll er jetzt etwa auch noch besonders nett zu Enrico sein, nur weil der vielleicht irgendein Problem hat und sich deshalb dauernd wichtig macht?

«Just try», flüstert Lise.

«Are you talking about me again?», fragt Enrico von hinten. Er schiebt seinen Kopf zwischen den Lehnen hindurch. Seine alberne Sonnenbrille spiegelt so, dass Tommi noch nicht mal seine Augen sehen kann.

«No», sagt Tommi schnell.

«Yes», sagt Lise. «I've just said that I think you're a nice guy. And I'm glad that we've met you.»

«Thank you», erwidert Enrico, als wäre er es gewohnt, dass man ihm Komplimente macht. Er streckt Lise ein Päckchen Kaugummi hin.

«You want some?»

«Oh, thank you, very nice», flötet Lise.

Tommi starrt sie mit offenem Mund an. Irgendwie scheint das heute nicht sein Tag zu werden.

Der Bus setzt sich wieder in Bewegung. Als sie an der Unfallstelle vorbeikommen, drückt Lise ihr Gesicht an Tommis Brust. Aber außer ein paar Polizisten, die den Verkehr weiterwinken, ist eigentlich nichts mehr zu sehen.

Nur noch ein Abschleppwagen, der gerade einen alten Mini auflädt, bei dem das Dach fast vollständig eingedrückt ist. Und dann noch zwei Rettungssanitäter, die gerade eine Decke über irgendwas auf dem Boden legen. Über einen Verletzten … nein, über einen Toten!

Jetzt guckt auch Tommi schnell weg.

Hinter ihm erklärt Enrico Jana, dass alte Minis die gefährlichsten Autos sind, die es gibt.

«The most dangerous cars in the world. Death traps, you know? But the new models are better. My brother has got one, and when I'm back home in Spain, I'll take my driving licence and take my brother's car on the road. It does over 160! Great cars!»

So viel zu Enrico, denkt Tommi. Aber Lise scheint gar nicht mitgekriegt zu haben, was Enrico da wieder zusammenlabert.

Sie flüstert nur dicht an Tommis Hals: «I never wanna get into a car crash …»

«I don't know if I'll ever take my driving licence», sagt Tommi. Obwohl das eigentlich gar nicht stimmt. Er hätte gerne endlich einen Führerschein. Und er hätte auch nichts dagegen, wenn ihm jemand einen alten Mini schenkte. Obwohl ein neuer wahrscheinlich wirklich besser wäre. Jedenfalls sicherer.

«Better not», meint Lise leise. «You're a clever guy.»

Tommi streicht ihr über die Haare. Dann beugt er sich vor und küsst Lise. Ihre Lippen schmecken nach Enricos Himbeer-Kaugummi.

Direkt über ihnen setzt ein großes Flugzeug zur Landung an.

Die Maschine ist so tief, dass Tommi ganz deutlich das ausgefahrene Fahrwerk erkennen kann.

«Heathrow Airport is just around the corner», lässt sich Ernest über Mikrophon vernehmen, «the world's busiest international airport, with more passengers than any other airport. Heathrow is about 15 miles west of the city, which means that we are now entering the suburbs of London. Open your eyes, guys!»

Aber außer endlosen Lagerhallen und Fabrikgebäuden kann Tommi beim besten Willen nichts sehen, was auch nur halbwegs interessant wäre.

Three

Abbey Road ist eine kleine Straße mitten in einer Wohngegend mit dunkelroten Klinkerhäusern und niedrigen Mauern vor den Vorgärten. Eigentlich ganz schön, findet Tommi, vor allem mit den großen Bäumen, die auf beiden

Seiten der Straße stehen. Das einzig Nervige ist die Tatsache, dass sie nur im Schritttempo vorankommen. Weil sie offensichtlich nicht die Einzigen sind, die sich angucken wollen, wo die Beatles über die Straße gelatscht sind.

Schließlich müssen sie sogar anhalten. Ein Traffic Warden winkt ihren Reisebus an die Bordsteinkante. Tommi kriegt nur mit, dass sie den Rest zu Fuß gehen sollen, weil die Straße vor ihnen hoffnungslos verstopft ist.

«We'll be walking», erklärt Ernest und blickt sich um. «I need three lads to be in the photo with me. Enrico, Karl … and Tommi, okay? Would you like to be in it?»

Tommi verzieht das Gesicht. Er hat keine Lust auf irgendein bescheuertes Foto. Das ist ja mindestens so schlimm wie mit seinen Eltern, denkt er. Als ob sie alle unbedingt ein Foto brauchten, um hinterher beweisen zu können, dass sie da waren.

Aber Ernest scheint wild entschlossen, seine Idee in die Tat umzusetzen. Und Lise boxt Tommi in die Seite und sagt: «Go on! Do it. I'll put a copy of the photo on the wall in my room.»

Tommi klettert hinter Karl und Enrico her aus dem Bus. Aber plötzlich wollen auch die anderen mit, um zu sehen, was Ernest vorhat. Nur Lise bleibt im Bus hocken, als sie mitkriegt, dass auch Kirsten dabei ist.

Sie gehen zusammen die Straße runter. Je näher sie an den berühmten Zebrastreifen kommen, umso voller wird auch der Fußweg. Tommi hört deutsche, französische und italienische Gesprächsfetzen.

Vor dem Zebrastreifen steht eine lange Schlange von Leuten, die darauf warten, dass sie ihr Foto machen können. Auf dem sie dann wie die Beatles hintereinander über die Straße spazieren. Ein paar haben sogar extra das Plattencover dabei, damit das Foto auch genauso wird wie das von den Beatles! Und es sind nicht nur Leute in Ernests Alter oder noch ältere, die die Beatles vielleicht wirklich noch erlebt haben. Sondern auch jede Menge, die höchstens so alt sind wie Tommi und Karl ...

«Bescheuert», meint Karl.

Tommi nickt nur.

«It's a pity that we don't have clothes like the Beatles», stellt Ernest fest. «But at least you can pretend to be Paul», setzt er mit einem Blick auf Karls dunkelblaues Jackett mit den goldenen Knöpfen hinzu. Und als sie endlich dran sind, drückt er Karl auch noch eine Zigarette in die Hand. Weil Paul auf dem Cover auch eine Zigarette in der Hand hält!

«You should take off your shoes», sagt er dann.

«Was?», macht Karl. «But why?»

«Because Paul was barefoot too.»

«Nee», sagt Karl. «Ich mach doch hier nicht den Hampelmann. Wer war dieser Paul überhaupt? Ist das nicht der Penner, der immer mal in der Zeitung auftaucht, nur weil er von seiner Alten geschieden worden ist?»

«Exactly», nickt Ernest. «Paul McCartney. And he was barefoot.»

«But I won't be», erklärt Karl.

«I can do it», bietet Enrico an. «Did Paul McCartney wear sunglasses?»

Ein paar Leute in der Warteschlange fangen schon an zu murren, weil es so lange dauert.

Genervt winkt Ernest Jana zu sich und drückt ihr seine Kamera in die Hand. Und dann marschieren sie über den Zebrastreifen. Ernest vorneweg, dann Enrico, hinter ihm Karl mit Zigarette und am Schluss Tommi.

Jana knipst wie verrückt. Und Ernest lässt sich aufgeregt die Fotos auf dem Display zeigen und grinst zufrieden.

«Cool», sagt er immer wieder, «really cool! – Thanks a lot, boys. And now let's hit the rest of London!»

«Na, wenigstens haben wir ihn glücklich gemacht», meint Karl und dreht sich zu einer Gruppe rauchender Japaner, um nach Feuer für seine Zigarette zu fragen.

«Fire?»

«Fire?! – Fire! Fire!!!»

Die Japaner schnattern aufgeregt durcheinander und blicken sich hektisch um.

«Was ist denn jetzt schon wieder los?», fragt Karl irritiert.

«He wants you to light his cigarette», erklärt Tommi und muss ein Grinsen unterdrücken.

«Oh, cigarette!», rufen die Japaner erleichtert und lassen mindestens fünf Feuerzeuge gleichzeitig aufflammen.

«Thank you», bedankt sich Karl.

Einer der Japaner zückt seine Kamera und macht ein Foto von Karl und Tommi.

«Thank you», sagt er und verbeugt sich.

«Thank you», sagt auch Karl nochmal.

«Thank you», wiederholt der Japaner und verbeugt sich wieder.

«Jetzt reicht's aber», meint Karl und zieht Tommi schnell weiter. «Die spinnen doch, die Japaner», sagt er, als sie versuchen, Ernest und die anderen einzuholen. «Haben die echt geglaubt, es brennt, oder was?»

«Do you want a smoke?», fragt er dann und hält Tommi die halbgerauchte Kippe hin. «To blow your worries to the sky …»

«Wow!», meint Tommi, «wo hast du den Satz denn her?»

«Aus irgendeinem Song», grinst Karl. «Nicht schlecht, was? Die Sorgen in den Himmel blasen, gefällt mir.»

Er pafft ein paar perfekte Rauchringe.

«Was ist jetzt, willst du?»

Tommi schüttelt den Kopf.

Ernest winkt vom Bus her, dass sie sich beeilen sollen.

«Schmeckt sowieso nicht», meint Karl und drückt die Kippe an einem Laternenpfahl aus, um sie dann in den nächsten Vorgarten zu schnipsen.

«Smokers die younger», grinst er, bevor sie wieder in den Bus einsteigen.

«How did it go?», will Lise wissen, als Tommi sich neben sie setzt.

«You didn't miss anything», sagt Tommi. «We just walked across the zebra crossing and made Ernest happy. And then Karl …»

Tommi weiß nicht, wie er übersetzen soll, dass Karl mit seiner Frage nach Feuer so was wie einen mittleren Aufruhr verursacht hat.

«I don't know the word for it», sagt er. «Karl went to some Japanese guys and asked for a light for his cigarette, but he said ‹fire›, and they thought there was a fire … you know?»

«Oh», nickt Lise, «he nearly caused a turmoil, that's it.»

«A turmoil», wiederholt Tommi. Und denkt wieder mal, dass es doch ziemlich gut ist, wenn man wie Lise aus einem Land kommt, in dem fast alle Fernsehfilme im Original laufen. Auf Englisch. Mit Untertiteln, sodass die Leute nebenher gleich noch solche Sachen lernen wie ‹turmoil›.

Der Busfahrer hat es inzwischen mit Hilfe des Traffic Warden geschafft, auf der engen Straße zu wenden. Und keine Viertelstunde später sind sie an der Ecke vom Hyde Park. Wo sie in einen roten Doppeldeckerbus umsteigen sollen, um eine Sightseeing Tour durch London zu machen. Ernest hat für alle ein Tagesticket besorgt. A travelcard.

«Keep your tickets», erklärt er, «you can go with any bus or underground on the tube later on when you're free to explore London on your own.»

Und dass sie daran denken sollen, dass der Eingang bei den meisten Bussen hinten ist. Und dass es außerdem einen Schaffner gibt, der das Fahrgeld kassiert. Dem sie dann einfach nur ihre Tageskarte zu zeigen brauchen.

Aber erst mal fahren sie ja sowieso noch alle zusammen mit dem Doppeldeckerbus. Und vorher müssen sie noch Ernests Vortrag über den Hyde Park über sich ergehen lassen.

«London's largest open space with hundreds of sunbathers on hot summer days», erzählt Ernest, «milky-white first und sunburnt soon …»

«Alles klar», meint Karl, «ein Park eben mit jeder Menge Bekloppter, die sich im Sommer einen Sonnenbrand holen! Und was soll da jetzt das Besondere dran sein?»

«Speak English, Karl», fordert Ernest ihn auf.

«I mean, it's a park like any park», sagt Karl, «isn't it?»

«Well, you're probably right», nickt Ernest. «But have you ever heard of Speaker's Corner?»

«Nee», sagt Karl. «Never.»

«I have», meldet sich Enrico zu Wort. «Everyone can go there and make a speech.»

Ernest nickt.

«And it's the only place in Britain where demonstrators can assemble without police permission», ergänzt er. «If you've got something on your chest, you can get rid of it here.» Er grinst. «But I'm afraid you'll have largely loonies and religious fanatics for company. Nobody else will take much notice.»

Er zeigt zum Eingang des Parks, wo gerade ein Typ mit einem Cowboyhut auf dem Kopf auf einer Trittleiter balanciert und irgendwas in die Gegend brüllt. Aber bis auf eine neue Gruppe Japaner, die ihre Fotoapparate klicken lassen, scheint sich niemand für ihn zu interessieren.

«Echt spitze», meint Karl. «Jeder Blödmann kann also was sagen, ohne dass sich einer aufregt.»

«Und er braucht noch nicht mal eine Genehmigung von

der Polizei dazu, weil ihm außer ein paar Bekloppten sowieso keiner zuhört», sagt Tommi.

«Toll, wirklich», nickt Karl. «I'm impressed.»

«I hope you are deeply impressed», lacht Ernest. «Okay, on we go ...»

Sie steigen in den Doppeldeckerbus. Karl stürmt sofort die Treppen ins Obergeschoss hoch.

Tommi guckt zu Lise. Aber Lise zuckt nur mit der Schulter und folgt Karl. Obwohl sich gerade Kirsten an ihr vorbeischiebt! Und dann setzt sie sich auch noch neben Kirsten. Und redet irgendwas auf Dänisch mit ihr, als wäre nichts weiter gewesen. Tommi kapiert überhaupt nichts mehr. Er steht einen Moment unschlüssig vor der Sitzreihe, aber Lise beachtet ihn gar nicht.

Karl zwinkert ihm zu und klopft mit der Hand auf den freien Platz neben sich.

«Ist doch gut hier, Alter», meint Karl, als Tommi sich hinsetzt, «klasse Ausblick und so.»

Ernest erzählt über Mikrophon, dass sie gerade die Oxford Street entlangfahren. Und dass früher alle Busse in London rote Doppeldeckerbusse waren, die so was wie das Wahrzeichen von London darstellten.

«Bus travel has lost a lot of its charm since the demise of the double-deckers», sagt er, «but the old-fashioned Route Masters, as they were called, provided no access for disabled people, and every year two or three people died falling off the open platform ...»

Tommi hört nur halb hin. Eigentlich interessiert es ihn

kein Stück, ob die Busse nun früher für Behinderte zu benutzen waren oder nicht oder wie viele Leute jedes Jahr von der offenen Plattform gefallen sind. Genauso wenig, wie es ihn interessiert, dass die Durchschnittsgeschwindigkeit auf Londoner Straßen unter 16 Stundenkilometern liegt. Und solange Lise die ganze Zeit über einfach weiter mit Kirsten quatscht, ist es Tommi auch völlig egal, dass die Busse und Taxis eine eigene Spur haben, um am Stau vorbeifahren zu können. Seinetwegen brauchten sie auch überhaupt nicht zu fahren. Hauptsache, Lise würde mal wieder zur Kenntnis nehmen, dass es ihn auch noch gibt!

Er wirft Kirsten einen bösen Blick zu. Aber Kirsten lächelt nur und zeigt gleich darauf aufgeregt zum Fenster raus.

«Look there!», ruft sie begeistert. «It's Selfridges! They're as famous as Harrods! Oh God, we have to go there!»

«Oh yeah», ruft auch Lise, «let's go shopping later on, okay?»

Sie guckt zu Tommi. Zum ersten Mal, seit sie im Bus sitzen.

«Oh please, Tommi, say yes!», bittet sie. «I've always wanted to go shopping at Harrods or Selfridges, at least once in my life!»

«Das sind so Kaufhäuser», lässt sich Karl neben Tommi vernehmen, «irgendwie voll berühmt. Meine Mutter labert auch ständig davon, dass sie da unbedingt mal hin will. Können wir doch auch machen, ist doch gut.»

Er boxt Tommi in die Seite. Dann wendet er sich zu Kirsten.

«I'd really like to go shopping with you», sagt er. «And I'll buy you something. A good perfume or something like that.»

«Hä?», macht Tommi.

«I've got some money», grinst Karl und klopft auf seine Hosentasche. «Like a millionaire!»

Kirsten springt auf und wirft ihm die Arme um den Hals.

«Your friend knows about girls», sagt Lise und guckt Tommi irgendwie ganz komisch an. Als sollte er hier und jetzt sofort behaupten, dass er nichts lieber tun würde, als shoppen zu gehen. Und so ganz nebenbei ein Vermögen für irgendein blödes Parfüm auszugeben. Oder für ein Brillantarmband oder so.

«Okay», sagt Tommi lahm. «I'll come with you if you want.»

«Thanks», sagt Lise nur und lehnt sich in ihren Sitz zurück, als hätte sie sowieso nichts anderes erwartet.

«And what about a kiss?», fragt Tommi vorsichtig und deutet mit dem Kopf zu Karl und Kirsten, die wie verrückt knutschen.

«It takes a bit more to get a kiss», sagt Lise. Aber dann lächelt sie und steht auf und beugt sich zu Tommi und – küsst ihn. Endlich!

Und für einen Moment vergisst Tommi sogar, dass er ja eigentlich gerade noch alles ziemlich doof fand. Karl mit seinen Sprüchen und Kirsten sowieso und irgendwie auch Lise. Bei der er heute beim besten Willen nicht weiß, woran er eigentlich ist. Aber jetzt wird vielleicht doch alles wieder gut …

«We're crossing Piccadilly Circus now», ertönt Ernests Stimme aus den Lautsprechern. «This traffic-snarled junction is probably not the most pleasant place, but it's been a popular meeting spot for centuries, well known by tourists all over the world! Just have a look at its giant neon signs like the Coke and the MacDonald's adverts.»

Tommi schielt mit einem Auge zum Fenster raus. Die Neonreklamen sind wirklich gigantisch. Ansonsten hat Ernest recht, der Platz ist einfach nur hoffnungslos vollgestopft mit Autos und Leuten, die sich auf den Stufen von irgendeiner komischen Statue drängen. Die Leute natürlich, nicht die Autos …

«Hey!», beschwert sich Lise, «don't stop kissing me!»

«Sorry», sagt Tommi schnell und konzentriert sich wieder auf Lises Zungenspitze.

«You should see Piccadilly at night!», schwärmt Ernest gerade. Dann erzählt er irgendetwas über die Statue, die nicht den griechischen Liebesgott Eros darstellt, wie viele Leute glauben würden, sondern an irgendeinen englischen Grafen erinnern soll, der sich für Arme und geistig Behinderte eingesetzt hat. Aber Tommi kriegt sowieso nur die Hälfte mit. Und wenn Lise so weitermacht, kriegt er gleich gar nichts mehr mit!

Lise macht so weiter. Und hört erst auf, als Karl ihnen auf die Schulter tippt.

«He, genug geschlabbert», sagt Karl grinsend, «guckt lieber mal wieder raus, Leute. Trafalgar Square, ist das scharf? Ernest hat gerade erzählt, dass sie hier früher echt ein Problem hatten, weil die Leute immer die Tauben gefüttert haben und die dann die Leute vollgeschissen haben. Aber jetzt ist füttern verboten.»

«What?», fragt Lise.

«Something about the pigeons», sagt Tommi genervt, weil er findet, dass Karl sie nun nicht ausgerechnet wegen irgendwelchen Tauben hätte stören müssen. Die es im Übrigen sowieso nicht mehr gibt.

«But there are no pigeons», stellt Lise jetzt auch fest, nachdem sie kurz über den Platz geguckt hat.

«That's it», grinst Karl. «The only question is, will they come back if you start feeding them again? Ich meine», setzt er für Tommi hinzu, «das wär' doch was, wir kaufen nachher ein Brot oder so was und füttern die Viecher wieder. Und zack!, scheißen sie alles wieder voll. Wollen wir das nicht machen?»

«Mann, du nervst», stöhnt Tommi. «Was soll der Quatsch? Du laberst echt nur dummes Zeug!»

«Ach nee?», sagt Karl beleidigt, «aber du, was? Mann, ich gebe mir nur Mühe, damit ihr ein bisschen was mitkriegt von London. Aber wenn ihr nicht wollt, gehe ich eben mit Kirsten nach unten. Da ist sowieso mehr los. Come on, Kirsten, we'll join the others!»

Er zieht Kirsten mit sich zur Treppe. Irgendwie spinnen heute alle, denkt Tommi. Wobei das bei Karl ja allerdings keine Ausnahme ist …

Lise fängt plötzlich an, hektisch in ihrem Rucksack zu wühlen.

«Your friend is right», sagt sie, als sie nach endlosem Suchen einen Fotoapparat zutage fördert. «At least I have to take some pictures to show to my folks at home!»

Und schon knipst sie drauflos, als würde ihr Leben davon abhängen.

«Please stand right in front of the window», dirigiert sie Tommi. «No, a little bit more to the left … yes! Great!»

Und so weiter. Tommi vorm Fenster mit dem Trafalgar Square dahinter, der Trafalgar Square ohne Tommi, Tommi ohne den Trafalgar Square. Tommi vor irgendwelchen Häusern, Tommi vor irgendwelchen anderen Häusern, Tommi vor St. Paul's Cathedral. Wo er dann prompt Ärger mit den anderen kriegt, die ebenfalls ein Foto von St. Paul's Cathedral machen wollen. Aber ohne Tommi davor!

Und dazu die ganze Zeit über Ernests Stimme aus den Lautsprechern: «St. Paul's Cathedral is one of London's most recognisable buildings, built some hundred years ago in the shape of a cross, and its vast dome still manages to make the far higher skyscrapers appear second rate …»

Wobei Tommi zugeben muss, dass die Kathedrale mit der gewaltigen Kuppel tatsächlich ziemlich beeindruckend ist. Und dass Ernest recht hat, die modernen Hochhäuser dahinter können wirklich nicht mithalten.

«Miraculously it survived not only the centuries, but even the Blitz unscathed», erzählt Ernest weiter.

«What's the Blitz?», fragt Tommi.

«You don't know?», fragt Lise und nimmt für einen Moment ihren Fotoapparat runter.

Tommi schüttelt den Kopf.

«It's the English word for when Germany bombed London during the Second World War», erklärt Lise. «And it was only by luck that St. Paul's wasn't destroyed in one of those nights. You should never forget that!», setzt sie sehr ernst hinzu.

«I … I didn't know», stammelt Tommi. Irgendwie ist das blöd, denkt er: Egal wo man hinkommt, gibt es irgendwelche blöden Erinnerungen, weil Deutschland im Zweiten Weltkrieg halb Europa zerbombt hat. Und eigentlich braucht sich auch keiner zu wundern, wenn es immer noch Leute gibt, die deshalb keine Deutschen mögen. Obwohl er ja nun wirklich nichts dazu kann, was zur Zeit seiner Großeltern passiert ist!

«The Blitz lasted for 57 nights», erzählt Ernest gerade. Und dass die U-Bahn-Stationen als Luftschutzbunker benutzt wurden, «the underground was turned into a giant bomb shelter, anyhow 32.000 Londoners were killed and wide parts of the City had been destroyed by the end of the war …»

Der Bus hält jetzt vor einer Art Festung mit dicken Mauern und vier Türmen. Alle drängen zum Fenster, um ihre Fotos zu machen.

«The Tower of London», sagt Ernest, «a medieval castle and the home of the British Crown Jewels, with over two million visitors per year. – We'll leave the bus here and gather outside for some more information.»

Aber es dauert eine ganze Weile, bis sie tatsächlich alle vor dem Bus stehen und Ernest weitererzählen kann. Und Lise macht schnell noch ein paar Fotos. Nur als sich Karl neben Tommi stellt, behauptet sie, dass der Film voll wäre.

«Egal», meint Karl ungerührt und winkt zu Kirsten rüber, dass sie das Foto machen soll.

«Cheese», sagt er und legt Tommi den Arm um die Schulter. «Best friends forever!»

🌉 Four

Ernest erzählt erst noch eine ganze Menge über den Tower of London. Dass er in den letzten neunhundert Jahren als Palast, Gefängnis, Hinrichtungsplatz, Waffenlager und Schatzkammer gedient hat. It acted as royal residence, prison, execution place, arsenal and treasury. Und dass die Klos im White Tower absolut sehenswert sind. The wardrobes from the eleventh century. Aber eigentlich warten sie alle nur darauf, dass sie endlich machen können, was sie wollen.

«You are free now to do what you want», sagt Ernest dann auch. «We'll meet again at the statue on Piccadilly Circus at seven. The bus driver will pick us up there to take us home. Seven sharpish», wiederholt er, «and please try to be on time. I don't want to have to wait. And whatever you are going to do now, take care. London is a big city. Enjoy your trip but be prepared. And I don't want anyone to go alone, just try to keep together in smaller groups.»

«Alles klar», meint Karl, «wollten wir ja sowieso.»

Er guckt Tommi an.

«Nur du und ich und die beiden Frauen. Friends forever!»

Tommi grinst ein bisschen gequält. Er ist sich nicht so ganz sicher, ob er wirklich für den Rest des Tages Karl an der Backe haben will. Von Kirsten mal ganz zu schweigen. Und er ist sich sogar sehr sicher, dass Lise Karls Gesellschaft kaum noch länger als zehn Minuten ertragen wird. Wenn überhaupt! Allerdings quatschen Lise und Kirsten gerade mal wieder zusammen, als ob nie die Rede von irgendeinem Streit gewesen wäre …

«What will you do?», fragt Enrico Ernest.

«Probably go for a coffee in Soho and watch some interesting people», meint Ernest. «By the way», setzt er dann für alle hinzu, «it always makes sense to talk to some locals whenever you get the chance. And there are some hot topics of conversation especially for London! The Olympics are coming to London in 2012, and the Londoners are both proud and wary at the same time. The disappearance of the Londoners' beloved double-decker buses is also a topic, or a match between the current titans Arsenal and Chelsea for those of you who are interested in football. I can tell you that there is no other city as football mad as London!»

«Kapier ich das jetzt richtig?», fragt Karl leise, «wir sollen einfach irgendjemanden anquatschen und über die Olympiade labern? Oder über die alten Doppeldeckerbusse und Fußball, oder was?»

«Du kannst vielleicht auch sagen, dass du es schade findest, dass die Tauben am Trafalgar Square verschwunden sind», schlägt Tommi vor.

«Well», sagt Ernest, der sie gehört hat, grinsend, «that might be okay as well. Except that you shouldn't chat to a stranger for no particular reason, unless you want them to think you're crazy! Do you get me, Enrico?»

Alle lachen. Bis auf Enrico selber. Aber Ernest hat schon recht, denkt Tommi. Enrico bringt es glatt fertig, irgendwelche wildfremden Leute anzuquatschen!

«Enrico doesn't need to try hard at all for people to think he's crazy!», lässt sich Jana vernehmen. Nur um Enrico gleich darauf einen Kuss mitten auf den Mund zu geben. Irgendwie sind Mädchen echt komisch, denkt Tommi. Lise ist jedenfalls keine Ausnahme …

«One last thing», sagt Ernest. «You'll probably notice that some local people won't understand you and you won't understand them, even if you're just asking the way. As I said before, there are people from all over the world living in London. And some of them really do speak a very strange English, which other people find hard to understand …»

Ernest erzählt von einem Slang, der Cockney heißt. Und bei dem zum Beispiel das th einfach weggelassen und durch v oder f ersetzt wird.

«‹Brother› becomes ‹brovver›», sagt er, «and ‹nothing›

‹nuffink›. But it is even harder to get the phrases they use instead of nouns and verbs. ‹Wife› becomes ‹trouble and strife›, ‹china plate› means ‹mate› and ‹rosy lea› is just ‹tea›. And sometimes even the locals don't have a Danny LaRue what's being said – and that's no word of a porky pie!»

«What?», fragt Lise irritiert.

Auch die anderen haben kein Wort kapiert.

Ernest lacht.

«Aber die Nummer mit dem th finde ich gut», erklärt Karl. «Let's go to fe Dungeon, brovver!»

Er haut Tommi auf die Schulter.

«Fe Dungeon is nuffink for … Feiglinge, you know? Only for fe best of us!»

Während sich Enrico und der Rest der Gruppe am Ticket Office anstellen, kauft Kirsten einen Mini-Reiseführer mit einem Faltplan von London. Das London Dungeon ist fast genau gegenüber, auf der anderen Seite der Themse. Um hinzukommen, müssen sie nur über die Tower Bridge und dann ein Stück nach rechts.

«Also los», meint Karl. Arm in Arm geht er mit Kirsten vorweg. Lise fasst nach Tommis Hand.

Sie nehmen den Fußweg, der um den Tower herumführt. Unterhalb der Ufermauer zieht sich ein breiter Schlickstreifen an der Themse entlang. Ein Kinderwagen ragt aus dem Morast. Ein paar fette Möwen flattern zwischen dem angespülten Plastikmüll hin und her. Es stinkt.

«Puh!», macht Lise und hält sich die Nase zu.

Irgendwie hat Tommi sich die Themse schöner vorgestellt. Aber vielleicht haben sie auch einfach nur Pech, dass gerade Ebbe ist. Das graugestrichene Kriegsschiff, das auf der anderen Flussseite liegt, macht das Ganze im Übrigen nicht unbedingt besser.

«I guess it's a war museum», sagt Lise. «But I don't like war museums.»

«Nor I do», nicht Tommi. «If I were king I would forbid all war museums.»

«If I were queen I would forbid everything that had anything at all to do with war», erklärt Lise.

«Los, Leute!», ruft Karl von vorn. «Foto! Kirsten und ich vor der Tower Bridge!»

Er drückt Tommi Kirstens Fotoapparat in die Hand.

Tommi geht in die Knie und fotografiert Karl und Kirsten so, dass ihre Köpfe genau zwischen den beiden Türmen der Brücke sind.

«Nicht schlecht, Alter», meint Karl, als er sich das Bild auf dem Monitor anguckt.

«You should become a photographer», meint auch Kirsten.

Tommi zuckt nur mit der Schulter. Er hat keine Lust, sich mit Kirsten zu unterhalten. Immerhin hat sie ja gesagt, dass er zu jung wäre. And too silly!

Als sie auf der Mitte der Brücke sind, beugt sich Karl über das Geländer und spuckt in den Fluss.

«Jetzt du», sagt Karl. «Wer weiter kommt.»

Tommi schüttelt den Kopf.

«I'm not a silly boy of five any more», sagt er.

«Hä?», macht Karl.

Tommi guckt Kirsten herausfordernd an. Aber sie scheint nicht kapiert zu haben, dass der Satz eigentlich für sie bestimmt war.

Lise zeigt auf die breite Fahrbahn, die über die Brücke führt.

«In the old days there were only narrow lanes on these bridges, because there were houses on both sides.»

«What?», fragt Karl.

«There were houses on the bridges», wiederholt Lise. «Like in any city street. All kind of houses, workshops, pubs, guesthouses.»

«Brothels too?», fragt Karl grinsend.

«What is a brothel?», will Lise wissen.

«Houses for … women», sagt Karl und grinst immer noch. «You know?»

«Oh, for prostitutes», sagt Kirsten.

Karl nickt.

»Yes, prostitutes. And whores.»

«Hookers», sagt Tommi. «Sluts. Tarts.»

Karl und er haben in der Schule mal das Wörterbuch nach allen möglichen Namen für «Nutte» durchsucht.

«Bitches», ergänzt Karl.

Kirsten verdreht die Augen.

«That's what boys are», sagt sie zu Lise. «Just silly.»

«We only know some very important words», erklärt Karl.

«You are really clever guys», sagt Lise. Aber so, wie sie es sagt, ist schon klar, dass das eben nicht unbedingt zu Tommis Ruhm beigetragen hat.

Tommi ärgert sich, dass er so blöd war, nicht einfach den Mund zu halten. Aber jetzt ist es zu spät.

Und es hilft auch nichts, dass er schnell versucht, das Thema zu wechseln. Und davon erzählt, wie sie in der Schule auch mal alle Wörter rausgesucht haben, die irgendwas mit Autos zu tun haben.

«Car, limousine, sedan …», fängt er an aufzuzählen.

«Sport car», macht Karl weiter, «racing car, spider, roadster …»

«Convertible», erklärt Tommi. «A convertible is a car with a roof that can be folded back.»

«Very clever guys», wiederholt Lise.

«Das war ja wohl nichts», meint Karl nur. «Los, Leute, the Dungeon is waiting for us!»

Als Tommi nach Lises Hand greift, guckt sie ihn nochmal kopfschüttelnd an. Ungefähr so wie eine Mutter, deren Kind sich gerade ziemlich danebenbenommen hat.

Aber dann verhakt sie ihre Finger in Tommis. Und Tommi schwört sich im Stillen, dass er von jetzt an verdammt gut aufpassen wird, was er so von sich gibt …

Die Schlange vor dem Dungeon ist mindestens hundert Meter lang. Und es sieht nicht so aus, als würde es in absehbarer Zeit vorangehen. Offensichtlich wird immer nur eine bestimmte Anzahl von Leuten ins Museum gelassen. Und die anderen müssen warten, bis die vor ihnen wieder draußen sind.

Karl schimpft irgendwas vor sich hin. Dass sie schließlich nicht den ganzen Tag Zeit hätten. Und dass sie ja noch nicht mal wüssten, ob sich das Dungeon überhaupt lohnen würde. Und wenn nicht, dann hätten sie sich völlig umsonst angestellt.

Dann sagt er plötzlich: «Follow me, guys!»

Er geht einfach an der Schlange vorbei, mit den Händen in den Hosentaschen, als würde er nur mal ein bisschen rumschlendern, um sich die Plakate anzugucken. Tommi hat keine Ahnung, was Karl vorhat. Aber er winkt den beiden Mädchen mit dem Kopf und schlendert hinter Karl her.

An der Kasse wird gerade eine neue Gruppe ins Museum gelassen.

Karl dreht sich zu einem Typen ganz vorn in der Schlange, dessen Arme bis zu den Schultern hoch mit Tattoos vollgepflastert sind. Er hat ein T-Shirt an, auf dem quer über die Brust in großen Lettern ARSENAL aufgedruckt ist.

«Are you English?», fragt Karl.

Der Mann nickt.

«What do you fink of Arsenal?», macht Karl weiter.

«They're the greatest football team in the world!», sagt der Mann, wie aus der Pistole geschossen. «No doubt about that.»

«Well», meint Karl und beugt sich vor. «Listen», sagt er halblaut, «fat guy wif fe sunglasses a few metres behind you just said, that Arsenal are fe greatest weaklings of all …»

«What?», stößt der Tätowierte zwischen den Zähnen hervor. «Where is that bloody bastard?»

Er dreht sich um und mustert die Männer hinter sich, von denen mindestens vier oder fünf ihre Sonnenbrillen aufhaben. Dann steuert er kurz entschlossen auf den Ersten zu.

Im gleichen Moment ruft die Frau, die den Einlass macht: «Who's next in line, please? Four more may pass …»

«Passt doch», grinst Karl und schiebt sich mit Tommi und den Mädchen durch die Absperrung.

Von irgendwo weiter hinten beschwert sich jemand, aber die meisten kriegen gar nicht mit, was gerade passiert ist. Weil der Typ mit den Tätowierungen sich mit dem mit der Sonnenbrille anbrüllt. Der offensichtlich tatsächlich ein Chelsea-Fan ist!

«Quick», kichert Lise und kauft schnell die Tickets für alle zusammen.

Keine zwei Minuten später stehen sie im Dunkel des Museums.

«Und?», fragt Karl. «Wie war ich?»

Tommi reckt den Daumen hoch und grinst.

Kirsten drückt Karl einen Kuss auf die Wange.

«We should probably try to avoid meeting the guy with the tattoos again», meint Lise. Aber sie lacht dabei. «It's fun to be with you», flüstert sie Tommi zu. «At least sometimes.»

Tommi legt ihr den Arm um die Schultern. Und Lise legt ihren Arm auf Tommis Hüfte. Ein paar Kerzen flackern im Luftzug. Sonst passiert gar nichts. Alle warten.

Als plötzlich ein Skelett auf sie zukommt, fängt ein kleiner Junge an zu weinen.

Das Skelett verbeugt sich.

«Welcome to the London Dungeon.»

Tommi sieht, dass es in Wirklichkeit ein Mann ist, der ein hautenges schwarzes Kostüm trägt. Auf dem mit irgendeiner Leuchtfarbe die Knochen aufgemalt sind.

«The skeleton is only neon paint», flüstert er Lise zu.

«I know», flüstert Lise zurück.

«You have to make your choice now», erklärt das Skelett mit rasselnder Stimme. «You can either run through the Great Fire of London, see a torture chamber and a scene with Jack the Ripper, or go for a boat ride to hell …»

Das Skelett fängt an, die Leute in verschiedene Gruppen einzuteilen.

«Was wollen wir machen?», fragt Karl. «Folterkammer oder Jack the Ripper?»

«I'd rather like to do the boat ride», meint Lise. «Maybe it's not as scary as the Jack the Ripper thing …»

Kirsten nickt.

«Alles klar», sagt Karl. «Let's go to hell and back!»

Sie werden zu einer Reihe von Booten geführt, die wie bei einer Achterbahn eins hinter dem andern hängen. Jedes Boot hat genau für vier Leute Platz. «Passt doch», meint Karl wieder. In das Boot hinter ihnen steigt der kleine Junge ein, der immer noch weint. Seine Mutter nimmt ihn auf den Schoß.

Es ruckelt, dann setzen sich die Boote in Bewegung. Im nächsten Augenblick ist es stockfinster. Sie müssen in einer Art Tunnel sein.

Lise fasst nach Tommis Hand.

«Hello!», ruft Karl laut in die Dunkelheit.

«Hello-lo-lo», kommt das Echo von den Tunnelwänden zurück.

Gleich darauf hören sie irgendwo weit weg einen Chor. Irgendwelche mittelalterlichen Gesänge. Dann fahren die Boote steil nach oben. Tommi merkt, wie die Steigung ihn gegen die Sitzlehne drückt.

«Like in a roller coaster», flüstert Lise. «I don't like roller coasters ...»

Ihre Hand fühlt sich verschwitzt an.

Im nächsten Moment rasen die Boote nach unten. Gleichzeitig hört man Stöhnen und Geschrei. Als würden irgendwo Leute gefoltert. Wasser spritzt auf. Die Boote werden langsamer.

«Is it over?», fragt Lise dicht an Tommis Ohr. «I hope it is over.»

Gleich darauf kreischt sie los.

Auch Tommi schreit fast vor Schreck.

Irgendwas hat ihnen gerade übers Gesicht gestreift.

«A cobweb», flüstert Lise mit zittriger Stimme.

«Quatsch», meint Karl, «das sind nur Bindfäden oder so was. Strings, you know?»

Die Boote rucken und fahren plötzlich rückwärts weiter. Ein Scheinwerfer flammt auf. In dem grellen Licht schwingt eine gigantische Axt dicht über ihren Köpfen hin und her. Und in irgendwelchen Mauernischen neben ihrem Kanal liegen verstümmelte Leichen. Denen die Axt den Kopf zerschmettert hat. Oder die Arme und Beine abgeschlagen. Klar, wenn man genau hinguckt, sieht man, dass es nur Puppen sind, aber trotzdem …

«I hate it», flüstert Lise und drückt ihr Gesicht an Tommis Brust.

«I want to go home!», brüllt der kleine Junge im nächsten Boot. «I don't want to be in hell, I want to go home!»

«Don't be afraid», ruft Karl ihm zu. «It's not real. Only dolls und so!»

«With a lot of red paint!», ruft Tommi noch.

Aber als die Boote dann endlich an der Axt und den Leichen vorbei sind, sieht auch Karls Gesicht ziemlich bleich aus. Und Tommi fühlt sich auch nicht besonders gut. Sie sind jetzt in einem großen Raum, der von Fackeln beleuchtet wird. Die Boote halten an. Sie müssen alle aussteigen und sich vor einer Art Richtertisch versammeln. Ringsumher an den Wänden stehen irgendwelche Soldaten mit Säbeln und Bärenfellmützen.

«You will now be sentenced by the crazy judge», dröhnt eine Stimme aus einem versteckten Lautsprecher. Und dann kommt auch schon ein Richter mit gepuderter Perücke in den Raum gehinkt.

«Hä?», macht Karl. «Was soll das denn? Was will der Gnom da?»

«Uns verurteilen», sagt Tommi, «sentenced by a crazy judge, haben sie doch gerade gesagt.»

«Und wofür? Ich meine, wir haben doch überhaupt nichts gemacht!»

«Oh yes», ruft Lise, «probably because you fooled the man with the tattoos!»

«Quatsch, glaube ich nicht …»

Karl zeigt ihr einen Vogel. Aber so ganz sicher scheint er sich nicht zu sein.

«Mann», beruhigt ihn Tommi, «der Typ da denkt sich wahrscheinlich gerade einfach irgendwas aus. Und wir müssen mitmachen oder so was. Wie bei irgendeiner bescheuerten Comedy-Show.»

«Bescheuert», nickt Karl. «Aber voll. Ich denke, das ist ein Horror-Museum hier!»

«Better stop talking», sagt Kirsten leise, «he's looking at you already!»

Der Richter lässt seinen Hammer auf den Tisch knallen.

«Who's the man with the biggest moustache in here?», brüllt er dann in den Raum, wobei er seine Stimme so verstellt, dass sie ganz hoch und kreischend klingt. Wahrscheinlich damit jeder kapiert, dass er ein bisschen bekloppt sein soll, denkt Tommi.

«I want the man with the biggest moustache!»

Alle blicken zu einem Mann, der wirklich einen ziemlich großen Schnurrbart hat. Und dessen Enden sorgfältig nach oben gebürstet sind.

«Come here!», verlangt der Richter mit seiner Kreischstimme. «At once!»

Der Mann mit dem Schnurrbart tritt vor.

«You look like one of the three musketeers», kreischt der Richter. «Like D'Artagnan!»

«I know», nickt der Mann und streicht sich stolz über seine Schnurrbartenden.

Der Richter beugt sich weit über den Tisch und streckt anklagend seinen Zeigefinger aus.

«I don't like the three musketeers!», schreit er.

Wieder lässt er den Hammer auf die Tischplatte knallen.

«I sentence you to get rid of this nasty brush right away!»

Er winkt zu den Soldaten rüber.

«Help him!»

Zwei Soldaten kommen mit einer Schüssel Seifenschaum und einem Pinsel.

Sie packen den Mann an den Armen und drücken ihn auf einen Stuhl. Dann fangen sie an, ihm das Gesicht einzuseifen. Einer der Soldaten zieht einen Säbel blank.

Der Mann strampelt wie verrückt mit den Beinen.

Tommi ist sich nicht sicher, ob er nur mitspielt oder wirklich Angst hat.

«Don't you want to whine for mercy?», kreischt der Richter.

«Was?», fragt Karl.

«Er soll um Gnade winseln, glaube ich», übersetzt Tommi leise.

«Mercy», stammelt der Mann auf dem Stuhl, «mercy!»

«Let him go», befiehlt der Richter.

Die Soldaten treten zurück. Der Mann steht unbeholfen auf und versucht, sich mit einem Taschentuch den Schaum vom Gesicht zu wischen.

Der Richter tut so, als würde er hektisch vor sich hin kichern.

Ein paar Leute lachen.

«Haha!», ruft Karl laut. «Sehr witzig, echt.»

«Who was that?», kreischt der Richter sofort. Er durchbohrt Karl förmlich mit seinem Blick.

«Don't you think it was funny?», fragt er böse.

«No», erklärt Karl. «Not at all.»

Der Richter holt tief Luft.

«Where are you from?», fragt er dann.

«Germany», antwortet Karl.

«And your friend?»

Er zeigt auf Tommi.

«Also Germany», sagt Tommi.

«What town?»

«Hannover.»

«Hanover?! Germany!»

Der Richter kichert wieder übertrieben und reibt sich begeistert die Hände.

«Well», wendet er sich an die Leute, die um Karl und Tommi herumstehen, «what do you think is a just punishment for somebody who comes from Hanover, Germany?»

«Was soll das? Spinnt der Typ?», beschwert sich Karl leise.

«Sei bloß still», meint Tommi, «sonst wird es nur noch schlimmer …»

«A just punishment for our German friends!», fordert der Richter.

«Send them home», schlägt irgendjemand vor.

«That's not enough, be crueller! The worst you can think of …»

Der Richter beugt sich vor und hält sich die Hand hinters Ohr.

«Cut them with a knife», sagt eine Frau, die eigentlich ganz nett aussieht. Jedenfalls nicht, als ob sie jemals irgendjemand mit einem Messer bedroht hätte.

«Crueller!», verlangt der Richter.

«Cut them with a knife and put salt in their wounds!», kommt ein dünnes Stimmchen von ganz hinten.

Alle drehen sich um.

«Das … das ist doch der kleine Schisser von vorhin», stammelt Karl verblüfft.

Karl hat recht. Die Stimme gehört wirklich zu dem kleinen Jungen, der vorhin noch geweint hat, weil er wieder nach Hause wollte.

Aber jetzt erklärt er ganz ernst: «Salt burns! It's a great pain! And it will serve them right …»

Seine Mutter hält ihm schnell die Hand vor den Mund, bevor er noch mehr Bösartigkeiten von sich geben kann.

«Brilliant, son», kreischt der Richter von vorn. «That's the way we'll do it!»

Zwei Soldaten kommen auf Tommi und Karl zu.

«Nee, Alter», sagt Karl und macht einen Schritt zurück.

«Stop that!», ruft Kirsten im selben Moment. «Take you hands off those guys! They belong to us!»

«And be careful!», erklärt Lise laut. «We're Danish Vikings, and we know how to fight …»

Die beiden Mädchen stellen sich vor Karl und Tommi.

Die meisten Leute fangen an zu lachen.

Die Soldaten zögern.

«Nichts wie weg hier», sagt Tommi und zieht die anderen mit sich zu der Tür mit der Aufschrift EMERGENCY EXIT.

Der Richter brüllt noch irgendwas hinter ihnen her. Aber dann sind sie auch schon durch die Tür und hetzen einen langen Gang entlang. Und hinter der nächsten Tür ist die Straße! Und Tommi war schon lange nicht mehr so froh, irgendwelche stinkenden Autoabgase zu riechen oder vom Motorenlärm fast taub zu werden.

Sie biegen in eine kleine Straße ab.

«Mann, das war ja echt voll daneben», stöhnt Tommi und lehnt sich an eine Hausmauer.

«It was shit», erklärt Karl. «Und der Richter war nicht der Einzige, der bekloppt war!»

«Nothing but a cheap ghost train», nickt Kirsten.

«And not worth the money to get in», ergänzt Lise.

«But thanks for helping us», meint Tommi. «They really seemed to be serious about punishing us.»

«They wouldn't have had a chance», grinst Kirsten, «not as long as we were there!»

«Thanks a lot», sagt Tommi nochmal und gibt Lise einen Kuss.

«Danish Vikings!», grinst Karl. «Cool, echt.»

«Dead cool», nickt Tommi.

«Aber jetzt hab ich genug von der Gegend hier, Leute»,

sagt Karl. «Jetzt machen wir mal was Richtiges. Show me the map, Kirsten …»

Er breitet Kirstens Stadtplan aus.

Kirsten blickt ihm über die Schulter.

«It's not too far to Shakespeare's Globe», sagt sie dann. «It's a replica of the theatre in which Shakespeare himself performed; it must be very interesting to see! And look here», winkt sie Lise aufgeregt zu sich, «we can go to the Tate Modern afterwards, it's not too far away!»

Kirsten schwärmt ihnen von dem Museum vor, in dem es jede Menge moderne Kunst geben soll.

«Joseph Beuys, and Jackson Pollock, and Roy Lichtenstein! I do really like his paintings, they always look as if they were blown-up parts from a comic-strip, and …»

«Oh no», unterbricht Karl sie, «ich hab doch gesagt, wir machen was Richtiges! Looking at paintings that look like comic-strips is boring, you know! – Hier, das ist doch scharf!» Karl zeigt auf den Stadtplan. «Buckingham-Palast und so, wo die Queen wohnt. Das gucken wir uns jetzt mal an. Einfach mit der U-Bahn bis Green Park und fertig. Die graue U-Bahn-Linie, merkt euch das …»

Kirsten verdreht die Augen. Sie sagt irgendwas, dass es Quatsch wäre, jetzt ganz woanders hinzufahren, wenn sie gleich um die Ecke von Shakespeares Theater und dem Museum wären.

Sie guckt zu Lise.

«I'd like to see Buckingham Palace», sagt Lise.

«Okay», sagt Tommi schnell. «Me too.»

Obwohl er sich eigentlich ziemlich sicher ist, dass Lise gerne ins Museum gehen würde. Und nur Kirsten eins auswischen will!

«Gebongt», nickt Karl zufrieden und tut so, als würde er gar nicht merken, dass Kirsten eindeutig sauer ist. «Let's go for our first ride on the London tube!»

🌉 Five

«Under absolutely no circumstances should you stand still on the left-hand side of the escalator», liest Lise aus Kirstens Reiseführer vor, als sie auf der Rolltreppe in die U-Bahn-Station stehen.

«Why not?», fragt Karl.

Er steht links. Genauso wie Tommi auch.

Im nächsten Moment drängt sich schimpfend ein Mann mit Aktentasche an ihnen vorbei, der es offensichtlich eilig hat. Er rammt seine Aktentasche gegen Tommis Knie und hastet weiter.

«Because it's reserved for people who are busier than you and have no time to lose», liest Lise weiter.

«Na und», sagt Karl, «ist doch nicht mein Problem.»

Aber Tommi wechselt auf die rechte Seite. Er hat keine Lust, nochmal blaue Flecken zu riskieren.

Die Rolltreppe ist länger als jede Rolltreppe, die Tommi jemals gesehen hat. Aber irgendwie ist ihm die Londoner

U-Bahn sowieso nicht ganz geheuer. Das fing schon mit den Stufen am Eingang an, wo ihnen ein Schwall abgestandener heißer Luft entgegenwehte. Und die Jugendlichen, die eindeutig kein Ticket hatten und dann direkt neben ihnen einfach über die Sperre vor der Rolltreppe geklettert sind, fand er auch nicht gerade sympathisch. Obwohl Karl noch durch die Zähne gepfiffen hat und gesagt hat: «Cool. Müssen wir nachher mal Ernest erzählen. Ich meine, da kann man doch echt eine Menge Geld sparen! Ist doch wichtig, so was zu wissen.»

Als dann allerdings ein Typ in Uniform hinter den Jugendlichen her ist, hat Karl nichts mehr gesagt.

Am Ende der Rolltreppe kommen sie in einen niedrigen Tunnel. Die Kacheln an den Wänden sind teilweise abgeplatzt. Und alle paar Meter gibt es eine Stelle, wo mal irgendjemand ein Plakat hingeklebt hatte. Das irgendjemand anders dann wieder abgekratzt hat. Aus einem Seitengang kommt ein Pulk von Leuten und verschwindet gleich darauf in einem anderen Seitengang.

Der Tunnel biegt nach links ab. Dann wieder nach rechts und nochmal ein paar Stufen runter, bis Tommi absolut keine Ahnung mehr hat, wo sie eigentlich sind. Er ist nur froh, dass er nicht alleine ist.

Aber den anderen scheint auch nicht so ganz wohl bei der ganzen Sache zu sein.

«We must be very deep underground», stellt Lise fest.

Von irgendwoher hören sie jemand brüllen.

«Like in a ghost train again», sagt Lise.

Dann kommt ihnen der Typ in der Uniform entgegen. Er hat einen von den Jugendlichen erwischt und schubst ihn vor sich her. Er hat ihm die Arme auf dem Rücken gefesselt. Der Jugendliche ist bleich, und seine Lippe blutet.

«Vielleicht doch keine so gute Idee», meint Karl. «Das mit dem ohne Ticket Fahren, meine ich.»

«Schon klar», nickt Tommi.

Wieder kommt eine Rolltreppe. Aber diesmal können sie wenigstens schon den Bahnsteig sehen.

«When the train pulls in», liest Lise aus dem Reiseführer vor, «stand aside until the passengers have got off.»

«Logisch», nickt Karl.

Als sie schon das Fauchen der U-Bahn aus dem Tunnel hören, kommen auf der anderen Seite ein paar Jugendliche von den Gleisen hochgeklettert. Tommi könnte wetten, dass es die sind, die der Wachmann nicht erwischt hat.

Tommi und die anderen warten in einer langen Schlange, bis alle Fahrgäste ausgestiegen sind. Die Jugendlichen stehen direkt vor ihnen. Hinter einer alten Frau mit einem Einkaufswagen.

Die U-Bahn ist ziemlich voll. Aber Karl schafft es trotzdem, noch vor den Jugendlichen die letzten vier Sitzplätze nebeneinander für sie zu ergattern. Die Jugendlichen sehen eher nicht so begeistert aus.

Einer von ihnen hat einen CD-Player dabei, aus dem laute Musik dröhnt. Drum'n'bass.

Als die U-Bahn anfährt, kommt die alte Frau mit ihrem Einkaufswagen ins Stolpern.

Tommi steht schnell wieder auf und bietet ihr seinen Platz an.

«You can sit here», sagt er.

Die alte Frau setzt sich.

Lise nickt Tommi zu.

Tommi steht jetzt genau neben den Jugendlichen. Ein Typ mit Rastahaaren starrt ihn an, bis Tommi sich wegdreht und so tut, als würde er zum Fenster ausgucken. Wo es allerdings nichts anderes zu sehen gibt als sein eigenes Spiegelbild.

«Where are you from?», fragt der Typ plötzlich. «Hey, I'm talking to you!»

Er tippt Tommi auf die Schulter.

«Germany», antwortet Tommi leise.

«That's cool», meint der Typ zu Tommis Überraschung. «Germany must be cool. You know, my daddy was in Germany during the football world cup and he told me that the Germans really know how to celebrate. He said that Germany was cool!»

«It is», nickt Tommi. «But London is also cool! I like it very much.»

«London is a rathole», erklärt der Typ verächtlich. «You should watch out where you're going. We're the capital of the drunken dopeys!»

Er grinst. Seine Kumpels lachen.

«The what?», fragt Tommi.

«Dope, you know?»

Der Typ macht eine Handbewegung, als würde er sich gerade eine Spritze in den Arm jagen.

«And booze!», setzt er hinzu. «Alcohol and drugs. No good, be careful!»

Die U-Bahn hält an der nächsten Station. Der Typ haut Tommi nochmal auf die Schulter. Seine Kumpels lachen wieder. Dann nehmen sie ihren CD-Player und steigen aus.

«Wollten die irgendwas?», ruft Karl von seinem Sitzplatz zu Tommi rüber.

Tommi schüttelt den Kopf.

«Alles okay», sagt er.

«Tommi's first chat with some locals», lacht Lise. «And everyone survived it.»

Tommi hört an ihrem Tonfall, dass sie erleichtert ist.

«Nice guys», sagt Tommi, um klarzustellen, dass er die Sache voll im Griff hatte.

Ein Mann schräg gegenüber lässt die Zeitung sinken, hinter der er sich verschanzt hatte. Tommi erkennt ihn. Es ist der Typ, der ihm vorhin auf der Rolltreppe seinen Aktenkoffer gegen das Knie gerammt hat.

«Criminals», lässt er sich jetzt vernehmen. «Murderers and rapists, all of them.»

Er nimmt die Zeitung wieder hoch.

Karl zuckt mit der Schulter. Als wollte er sagen: Lass den Typen doch labern.

Tommi guckt sich im Wagen um. Keiner redet, außer ein paar Schwarzen, die sich laut in einer Sprache unterhalten, die Tommi nicht kennt. Aber was ihm auffällt, ist, dass völlig verschiedene Leute in der U-Bahn sitzen. Ganz normale Hausfrauen, die vom Einkaufen kommen, oder Mütter mit einem Baby auf dem Arm genauso wie Geschäftsleute mit Schlips und Kragen. Die meisten haben irgendeine aufgeschlagene Zeitung oder ein Buch vor sich. Und Tommi hat das ungute Gefühl, als würden sie sich auch nicht einmischen, wenn es wirklich Ärger geben würde.

Die U-Bahn fährt unheimlich schnell. Manchmal sieht Tommi ein paar Lichter vorbeihuschen oder einen entgegenkommenden Zug.

«Waterloo», liest Lise aus dem U-Bahn-Plan in dem Reiseführer die Station vor, an der sie gerade halten. «The next stop is Westminster. And then comes Green Park, where we have to get off …»

Als sie aussteigen, nimmt Karl eine Zeitung mit, die irgendjemand auf seinem Sitz liegengelassen hat. Und auf der Rolltreppe nach oben zeigt er ihnen die Schlagzeile auf der Titelseite: TWO YOUNG BOYS KILLED IN TUBE ACCIDENT.

«Irgendwelche Graffiti-Sprayer», übersetzt Karl aus dem Artikel, «sind von der U-Bahn mitgerissen und überrollt worden oder so was. Wahrscheinlich so Typen wie die, die dich angequatscht haben», setzt er, an Tommi gewandt, hinzu.

«It must be extremely dangerous to be a graffiti sprayer in the London tube», meint Lise. «I wouldn't want to do it.»

«Nobody forces them to do it», sagt Kirsten. «It's their free will. I guess they're just looking for a kick.»

«Life is dangerous anyhow», erklärt Karl schulterzuckend. Er schiebt die zusammengerollte Zeitung in die Tasche des

Mantels, den der Mann vor ihnen über dem Arm trägt. Der Mann merkt nichts.

«Recycling», sagt Karl und grinst. «But the best rubbish bin you can find is a car with an open sunroof», erklärt er. «Or a convertible. Für alte Bananenschalen oder so was.»

«I'd like a banana», sagt Kirsten. «I'm really starving.»

«So am I», meint Lise. Sie wühlt in ihrem Rucksack und fördert ein paar Müsliriegel zutage.

Karl reißt seinen Riegel mit den Zähnen auf.

Als sie aus der U-Bahn-Station auf die Straße kommen, steckt er das Papier hinter den Scheibenwischer eines Autos.

«Stop it», sagt Kirsten. «Just try to behave.»

Aber Karl hat sich offensichtlich vorgenommen, so viel Blödsinn zu machen, wie ihm nur einfällt. Als sie durch den Park in Richtung Buckingham Palace laufen, klemmt er sich hinter eine Familie mit zwei kleinen Kindern und macht den Vater nach. Allerdings geht der Vater wirklich komisch, ein bisschen o-beinig und mit einem krummen Rücken und schlenkernden Armen. Was Karl so übertreibt, dass er fast aussieht wie ein Affe.

Tommi und die beiden Mädchen kriegen kaum noch Luft vor Lachen. Bis sich der Mann umdreht und Karl argwöhnisch mustert. Obwohl Karl sich schnell die Hände in die Hosentaschen schiebt und so tut, als würde er sich nur die Blumenbeete links und rechts angucken. Aber kaum geht der Mann weiter, macht Karl ihn wieder nach. Wobei er so dicht hinter ihm ist, dass er ihm fast auf die Hacken tritt.

Im nächsten Moment dreht Karl sich ruckartig um und mustert jetzt Tommi. Genauso wie der Mann eben noch ihn gemustert hat.

«Stop it!», kreischt Kirsten und wischt sich die Tränen aus den Augen. «I'm going to wet myself!»

Als Nächstes bückt sich Karl und pflückt zwei leuchtend rote Rosen aus dem Beet neben dem Weg. Eine für Kirsten und eine für Lise.

«And for me?», fragt Tommi. «I want one as well.»

Karl zeigt ihm einen Vogel.

«Let's go and say hello to the queen now», erklärt Karl und marschiert geradewegs quer über die Straße, mitten zwischen den Autos hindurch, die an der Kreuzung halten. Tommi und die Mädchen nehmen lieber den Zebrastreifen. Und dann stehen sie alle zusammen vor den Gitterstäben des Zauns, der sich um den Buckingham Palace herumzieht.

Der Palast sieht längst nicht so großartig aus, wie Tommi ihn sich vorgestellt hat. Eher ein bisschen langweilig. Ohne Türme oder irgendwas Besonderes. Eigentlich einfach nur ein grauer Kasten mit zwei langen Reihen von Fenstern.

An den Gittertoren stehen Wachsoldaten in leuchtend roten Uniformen und mit Bärenfellmützen auf dem Kopf, die starr geradeaus starren.

Kirsten blättert in ihrem Reiseführer.

«A London ‹must-see› is the Changing of the Guard», liest sie vor. «The old guard comes off duty to be replaced by the new guard on the forecourt of Buckingham Palace every day at 11.30 am. The ceremony takes about forty minutes and … «

«Okay», unterbricht sie Karl. «Wann nochmal?»

Kirsten guckt nach.

«11.30», sagt sie. «About three hours ago. We're too late.»

«Mist», meint Karl. «Das hätte ich gerne gesehen, wenn die Typen da auf dem Platz hin- und hergescheucht werden. Ist bestimmt witzig.»

«But too late», sagt Kirsten nochmal.

«It's never too late», erklärt Karl, «dann bringen wir die Typen eben so ein bisschen auf Trab!»

«What?», fragt Kirsten.

«We'll make them move a bit!»

«Oh no», stöhnt Lise und verdreht die Augen, «that's what everybody is trying to do!»

Sie zeigt auf die Familie, der sie vorhin durch den Park gefolgt sind. Die beiden kleinen Jungen hampeln kreischend vor einem der Soldaten herum. Der Soldat blickt weiter starr geradeaus, ohne eine Miene zu verziehen. Der Vater der beiden Jungen macht ein Foto nach dem anderen.

Karl zögert einen Moment.

«Lass es einfach», sagt Tommi. «Bringt doch nichts.»

Wobei eigentlich schon klar ist, dass Karl es jetzt natürlich erst recht nicht lassen wird. Wahrscheinlich hätte Tommi sagen müssen: Gute Idee, Alter! Lass uns die Ersten sein, die die Wachen vom Buckingham Palace mal so richtig aufmischen!

Karl nimmt Kirstens Reiseführer. Einen Moment starrt er

auf das Foto, auf dem zu sehen ist, wie die Queen gerade in einem schwarzen Jaguar eines der großen Gittertore passiert.

«I've got an idea», erklärt Karl. «I'll go and ask them some questions.» Er wirft sich in die Brust. «I'm a tourist, you know. And I've got some questions. About the queen!»

Mit dem Reiseführer in der Hand marschiert Karl auf den nächsten Soldaten zu. Tommi zuckt mit der Schulter und folgt ihm. Er hat keine Ahnung, was Karl genau vorhat.

Kirsten und Lise sehen aus, als würden sie am liebsten im Erdboden versinken.

«Good morning, Sir», setzt Karl an. «I'm a tourist. And I've got a question. I hope you can help me.»

Der Soldat reagiert nicht.

Karl hält ihm das Foto in Kirstens Reiseführer vors Gesicht.

«I want to know what model the queen's Jaguar is. Is it a XJ 8? It looks like it, but I'm not sure.»

Der Soldat gibt keine Antwort. Er blinzelt noch nicht mal mit den Augen.

«Schwierig», meint Karl zu Tommi. «Der Typ scheint echt ein harter Brocken zu sein. Also nochmal … Sir! Listen, am I right that you don't know anything about Jaguars? Well, no problem», sagt er, als der Soldat wieder keine Miene verzieht. «I'll tell you what we'll do. I'll wait here until the queen comes out. And then I'll have a look at the Jaguar myself, is that okay with you? You know, I have to know what model it is. I have to tell my father at home, because he wants to buy a Jaguar as well …»

«Hör auf», sagt Tommi. «Die dürfen wahrscheinlich nichts sagen.»

«Ärgerlich», meint Karl. «Das gibt's doch gar nicht. Okay, dann eben nicht. – Thank you for your help», sagt er dann zu dem Soldaten. «But you should see a doctor soon, to let him examine your tongue. Just in case there's something wrong with it.»

Karl grinst zufrieden. Aber gerade als er sich umdrehen will, sagt der Soldat plötzlich irgendwas. Obwohl Karl und Tommi einen Moment brauchen, bis sie kapieren, dass es tatsächlich der Soldat ist, der da redet. Weil er trotzdem weiter stocksteif geradeaus guckt. Nur seine Lippen bewegen sich.

«Her Royal Majesty won't come», versteht Tommi. «She's holidaying in Scotland, like every year in August and September. Which is why the royal doors of Buck House swing open to the public then. And only then. Tickets for the palace tour are on sale from the kiosk in Green Park just opposite the place you're at …»

«Oh Mann», stammelt Karl, «der kann ja doch reden!»

«And the Jaguar is a Jaguar Daimler Super Eight, a special make for the royal family only», redet der Wachsoldat weiter. «It is 5.21 metres long, has got 395 horsepower, costs 80.000 British Pounds, which is about 120.000 Euros, and provides enough space for all the queen's eight doggies. But you can tell your father that the Super Eight is based the XJ 8.»

Dann steht er wieder genauso still wie vorher, als wäre nie ein einziges Wort über seine Lippen gekommen.

«Thank you, sir», beeilt sich Tommi zu sagen, «that's all we wanted to know.»

Er zieht Karl mit sich.

«Oh Mann», wiederholt Karl. «Hammer, aber echt.»

«The queen is on holiday», berichtet Tommi, als sie wieder bei Kirsten und Lise stehen.

«And the Jaguar is a Daimler Super Eight», sagt Karl. «And it has got enough space for the queen's dogs!»

«And the guards can talk if they want to», setzt Tommi grinsend hinzu.

«And you're the silliest and most insistent guys I've ever been with», erklärt Kirsten. «It's embarrassing to be with you!»

Lise nickt. «You never know when enough is enough», sagt sie.

«Embarrassing», wiederholt Kirsten.

«But why?», fragt Karl. «Wieso soll das peinlich sein? Ich meine, hat der Typ nun mit uns geredet oder nicht? I'd rather say we're quite cute, aren't we?»

Er stößt Tommi seinen Ellbogen in die Seite.

«Embarrassing and ridiculous», beharrt Kirsten.

Lise nickt.

Tommi merkt, dass er langsam sauer wird. Irgendwie nervt es, dass Lise und Kirsten ständig so tun, als wären er und Karl ihnen zu blöd. Außerdem sollen sie sich langsam mal entscheiden, was sie eigentlich wollen. Jedenfalls sollen sie gefälligst aufhören, sich bei der einen Sache halb kaputtzulachen und bei der nächsten zu behaupten, es wäre peinlich. Aber er glaubt sowieso, dass es eigentlich Kirsten ist, die hinter allem steckt, und dass Lise nur mitmacht. Weil sie sich nicht traut, irgendwas gegen Kirsten zu sagen. Aber ihm hinterher das Sweatshirt vollheult, weil Kirsten wieder irgendwas Fieses gesagt hat! Wie zum Beispiel, dass er, Tommi, zu jung und zu doof für Lise wäre …

«If you don't want to have anything to do with me, that's fine with me», sagt er böse zu Kirsten, «we can go our separate ways, no problem. I know that you think I'm too silly anyway.»

«Hä?», macht Karl.

«What?», fragt Kirsten.

Lise guckt schnell woandershin.

«Lise told me», sagt Tommi.

«Told you what?», fragt Kirsten.

«That you think I'm too young for her. And too silly.»

«Oh no», sagt Kirsten und dreht sich zu Lise. Sie reden auf Dänisch miteinander. Tommi kriegt nur mit, dass Kirsten eindeutig sauer ist. Und dass Lise irgendwie versucht, sich zu verteidigen.

«Hä?», macht Karl nochmal. «Was ist denn jetzt los? Hat sie das echt gesagt?»

Tommi nickt.

«Mädchen», meint Karl und zuckt mit der Schulter. «Wissen nicht, was sie wollen und so. Ist doch bekannt.»

Lise fängt an zu heulen. Und sofort tut sie Tommi wieder leid. Vielleicht wäre es ja auch nicht nötig gewesen, dass er sich mit Kirsten streiten musste …

«Sorry», sagt Tommi leise. «I didn't want to …»

«Okay», unterbricht ihn Lise und wischt sich die Tränen aus den Augen, «okay», wiederholt sie, «it wasn't Kirsten who said that you're too young and too silly. It is just that I'm not sure if …»

Tommi starrt sie mit offenem Mund an.

«Was denn jetzt?», fragt Karl. «Ich blicke echt nicht mehr durch!»

«I'm not sure if everything is fine with us», sagt Lise leise. «If I … do really love you. And I was too much a coward to tell you the truth.»

Sie guckt ihn hilflos an.

«That's all …»

«Ist ja eine ganze Menge», meint Karl. «Hammer, echt.»

«Shut up», fährt ihn Kirsten an und legt Lise den Arm um die Schultern.

«Don't you want to say something?», fragt Lise Tommi.

Tommi muss ein paar Mal schlucken, bevor er antworten kann.

«I don't know what», sagt er.

Er hat Mühe, nicht einfach loszuheulen.

«Wollen wir nicht erst mal irgendwohin, was essen?», fragt Karl. «A portion of chips oder so was. Or let's go for a beer! What about that, guys? We'll get something to eat first and have a drink afterwards! And then Tommi and Lise can make it up with each other again …»

Er guckt zu Kirsten, als würde er hoffen, dass sie ihm hilft, Tommi und Lise davon zu überzeugen, sich wieder zu vertragen. Gleichzeitig legt er Tommi den Arm um die Schultern und sagt, an Lise gerichtet: «I mean, Tommi is a nice guy, really. The best you can find, believe me. And …»

«Hör auf», sagt Tommi und macht sich los. Er dreht Lise den Rücken zu, damit sie nicht sieht, dass er jetzt auch heult.

«He», sagt Karl ratlos.

«Maybe … the two of you should go for a drink», sagt Kirsten. «And I'll stay with Lise.»

Tommi kickt mit seinem Turnschuh eine leere Coladose über die Fußwegplatten. Die Dose bleibt scheppernd vor dem Wachsoldaten liegen. Der starrt weiter geradeaus, als würde er nicht mitkriegen, dass keine fünf Meter vor ihm eine mittlere Katastrophe stattfindet. Für einen Moment wünscht sich Tommi, er könnte einfach mit dem Soldaten tauschen.

Karl tippt ihm von hinten auf die Schulter.

«He, Alter», sagt er. «Ist vielleicht echt besser so. Ich meine, dann lassen wir die beiden doch erst mal alleine. Vielleicht kriegt sich Lise ja dann wieder ein …»

«No», hört Tommi Lise antworten. «I want to be alone. I'll go for a walk on my own. See you later.»

Tommi dreht sich nicht um.

Er hört noch, wie Kirsten irgendwas auf Dänisch hinter Lise herruft. Dann steht Kirsten plötzlich vor ihm.

«Don't you want to follow Lise?», fragt sie. «I think it's the least you can do.»

Sie klingt irgendwie empört. Als könnte Tommi was dafür, dass Lise abgehauen ist. Oder dass sie nicht weiß, ob sie ihn noch liebt. That she doesn't love him anymore.

«No, I don't want to follow her!», kriegt er gerade noch raus, bevor er schon wieder anfängt zu heulen. Er stößt Karl beiseite und rennt los. In die entgegengesetzte Richtung, nur weg von Karl und Kirsten. Und von Lise.

«He, Alter, mach jetzt keinen Quatsch!», brüllt Karl hinter ihm her.

Tommi rennt schneller. Er biegt um die nächste Ecke und in irgendeine Straße. Er achtet kaum auf die Fußgänger, die eilig vor ihm zur Seite springen und kopfschüttelnd hinter ihm hergucken. Tommi rennt, bis sich seine Beine anfühlen wie aus Gummi und er kaum noch Luft bekommt. Er lehnt sich keuchend gegen einen Laternenpfahl. Oder ein Straßenschild. Irgendwas. A leaning post.

Six

Tommi hat keine Ahnung, wo er ist. Aber es ist ihm auch egal. Er geht einfach immer weiter, von einer Straße in die nächste. Und er macht sich noch nicht mal die Mühe, nach irgendwelchen Straßenschildern zu gucken.

Tommi hat auch keine Ahnung, was er jetzt eigentlich machen soll. Vielleicht einfach nur rumlaufen, denkt er. Bis er nicht mehr kann und zusammenbricht. In irgendeiner finsteren Ecke. Wo er dann auch noch verprügelt und ausgeraubt wird. Beaten up and mugged. Bis ihn Stunden später ein Penner findet und einen Rettungswagen alarmiert. Der ihn dann ins nächste Krankenhaus bringt. Wo sie eine Notoperation an Tommi vornehmen müssen. Und als er dann nach ein paar Wochen aus dem Koma aufwacht, steht Lise an seinem Bett und …

Er darf nicht an Lise denken, wenn er nicht gleich wieder losheulen will. Er wird überhaupt nicht mehr an Lise denken. Never again.

Außerdem ist Lise eine blöde Kuh.

«Eine blöde Kuh!», brüllt Tommi laut. «Eine saublöde … blöde Kuh …»

«Is anything wrong?», fragt ihn ein älterer Herr irritiert.

«Was?», fragt Tommi. «No, thank you, I'm fine», erwidert er dann.

Er geht schnell weiter.

Vor ihm ist jetzt irgendeine Kirche.

«Westminster Abbey», liest Tommi auf einer Informationstafel. «Built in the 11th century, it is the finest example of Early English Gothic and one of the most sacred and symbolic sites in England. With the exception of Edward V and Edward VIII, every sovereign has been crowned here since William the Conqueror in 1066. You shouldn't miss the staggeringly large marble statues of politicians and eminent public figures … Und blablabla», sagt Tommi laut. Als würde das irgendjemand interessieren, wer hier gekrönt worden ist und wer nicht. Obwohl die Kirche innen wahrscheinlich ganz schön ist, denkt er. Mit bunten Glasfenstern und so. Und wenn Lise bei ihm wäre, könnten sie ja vielleicht auch kurz mal einen Blick auf die Marmorstatuen von irgendwelchen englischen Politikern und anderen wichtigen Leuten werfen. Nur so, aus Spaß. Und er könnte vielleicht ein Foto von Lise zwischen den Statuen machen. Oder Lise von ihm. So blöd ist es eigentlich gar nicht, ab und zu mal ein Foto zu machen. Man darf es nur nicht übertreiben …

Aber Lise ist jetzt nicht bei ihm. Lise ist irgendwo anders. Lise will auch gar nicht bei ihm sein. Lise denkt wahrscheinlich noch nicht mal an ihn. Sondern guckt sich in irgendeiner anderen Kirche irgendwelche anderen Marmorstatuen an. Und ist bester Dinge! She's happy and doesn't give a shit for him. Tommi beißt die Zähne zusammen und schleicht ein paar Meter weiter. Bis er vor den Houses of Parliament steht, dem Sitz der Regierung. Obwohl er für einen Moment darüber nachdenkt, wieso die Regierung woanders sitzt als die Queen. Aber gehört die Queen eigentlich zur Regierung? Wer regiert England überhaupt?

Ernest hat irgendwas darüber erzählt, aber Tommi hat nicht wirklich zugehört. Irgendwas, dass die Queen eigentlich keine Macht hat. The queen is only a figurehead with no real power. But she is the one who appoints the prime minister. Also was nun, denkt Tommi. Sie hat eigentlich nicht viel zu sagen, aber sie bestimmt, wer der Premierminister wird? Der Chef der Regierung? Wahrscheinlich hat er ganz einfach irgendwas nicht richtig verstanden. Nicht der Premierminister, sondern er, Tommi …

«Tommi!», ruft plötzlich von irgendwoher eine Stimme. Eine Mädchenstimme!

«What are you doing here?»

Jana. Und hinter ihr taucht Enrico auf und noch ein paar andere. Eigentlich der halbe Sprachkurs.

«Hey», sagt Tommi. «I thought you wanted to go to the London Eye …?»

«We were there», nickt Enrico. «But the queue was so long that we hadn't a hope of getting on the wheel anytime today.»

«Like everywhere else», stöhnt Jana und zeigt auf die lange Schlange, die sich am Eingang zu den Houses of Parliament drängt. «Wherever you go you have to stand in a queue for hours.»

«I guess the British might even be waiting in a queue at the gates of Heaven», stellt Enrico fest.

Tommi muss grinsen. Die Vorstellung von einer langen Schlange wartender Briten am Eingang zum Himmel ist irgendwie witzig.

«We're absolutely fed up with sightseeing», erklärt Jana. «It sucks! We've just decided to go to Soho and look around the tiny shops there.»

«And the pubs», meint Enrico. «Although I'm afraid they won't be too good. Too old-fashioned, if you know what I mean. All old hippy-style from the sixties, I guess. Nothing to make me feel really comfi.»

«By the way», fragt Jana plötzlich. «Where's Lise? And Karl and Kirsten? Have you lost them?»

Sie guckt Tommi an, als würde ihr jetzt erst auffallen, dass Tommi alleine ist.

«No», stammelt Tommi, «they ... we ... she just wanted to be alone. And me too.»

«I see», sagt Jana. «You had an argument.»

«No, but ... not really, I mean ...»

«A marital dispute», grinst Enrico hämisch.

Tommi ist kurz davor, ihm einfach eine zu scheuern. Den Spruch mit dem Ehestreit hätte er sich jedenfalls sparen können. Und sein dämliches Grinsen auch.

«But she's looking for you», mischt sich jetzt Marion, die Französin in ihrem Sprachkurs, ein.

«Who?», fragt Tommi irritiert. «Lise?»

Marion nickt.

«But how do you know?»

«I've just met her, in the underground at Charing Cross Station. And she said she was looking for you.»

Marion erzählt, dass Lise gerade in die U-Bahn steigen wollte, als Marion und die anderen ausgestiegen sind. Und weil Marion ein Stück hinter den anderen war, haben die gar nichts davon mitgekriegt. Und Lise hätte auch nur kurz gewunken und ihr zugerufen, dass sie auf der Suche nach Tommi ist.

«Which train did she take?», fragt Tommi nur.

Marion zuckt die Schulter.

«To Piccadilly I guess. Je ne sais pas.»

«That's where we are heading for», meint Jana. «Piccadilly is just around the corner from Soho. Come on, Tommi, don't worry. We'll find her! Anyhow, Ernest said that he doesn't want us to go anywhere alone …»

Sie hakt Tommi einfach unter und zieht ihn mit sich.

Was Enrico eindeutig nicht so witzig findet.

«Every argument has its reconciliation», sagt Jana tröstend zu Tommi. «Du wirst sehen», macht sie dann auf Deutsch weiter, «wenn wir sie gleich treffen, gebt ihr euch einfach einen Kuss, und alles ist wieder okay …»

Im gleichen Moment fängt die Glocke von Big Ben an zu läuten. Und Tommi ist froh, als Enrico sofort die Gelegenheit nutzt, um die Aufmerksamkeit wieder auf sich zu lenken.

«Big Ben isn't the name of the clock tower but of the big bell inside, a bell of eighteen tons!», erklärt er wichtigtuerisch. «And did you know that every five years the clock on the outside of the tower gets its hands and face washed by abseiling cleaners? Like mountaineers, people climbing in the mountains, belayed by a rope so that they don't drop down the cliffs. Or the tower in this case …»

«Who cares?», unterbricht ihn Jana. «We've got other things in our mind than how they clean the tower!»

«Not the tower, only the clock», erklärt Enrico nochmal.

«Not the tower, only the clock», macht ihn Jana nach. «Forget it!»

Enrico schweigt beleidigt.

Sie laufen wieder an der Themse entlang. Auf der Straße neben ihnen ist dichter Autoverkehr. Einmal meint Tommi, von weitem Rons Laster zu sehen. Was natürlich Quatsch ist.

Verbeulte Bedford-Laster gibt es schließlich auch in London jede Menge.

Enrico startet einen neuen Versuch, sich wichtig zu machen.

«Somewhere to the left must be the Horse Guards' Parade, where the mounted troopers of the cavalry change guard. But I guess it's as boring as any other tourist hot spot in this mad city …»

«And that's exactly why we'll take the train to Soho now», sagt Jana genervt.

Aber Tommi schießt ein Gedanke durch den Kopf, den er nur nicht so ganz zu fassen kriegt. War da nicht irgendwas mit der Horse Guard? Irgendjemand hat doch davon erzählt … little David? Heute Morgen beim Frühstück? Weiter kommt er nicht. Weil sich gerade Marion neben ihn schiebt und leise sagt: «I'm sorry, Tommi. If I had only known, I would have …»

Dann weiß sie nicht weiter.

«It's okay», meint Tommi nur. «How could you know?»

«And you seemed to be so in love with each other», sagt Jana. «Really strange. Ich hätte nie gedacht, dass ihr beide euch streiten würdet …»

«Ich auch nicht», sagt Tommi.

Mit der U-Bahn brauchen sie keine fünf Minuten bis Piccadilly. Und nochmal fünf Minuten später sind sie mitten in den kleinen Straßen von Soho.

Tommi verrenkt sich den Hals, um irgendwo Lise zu entdecken.

Was ziemlich aussichtslos ist, weil es von Menschen nur so wimmelt. Und auch von Mädchen mit langen, blonden Haaren.

«What are we going to do now?», fragt Jana ratlos.

«Keine Ahnung», meint Tommi. «Vielleicht einfach so rumlaufen … Aber lasst mal, ich komm schon alleine klar, ihr müsst nicht die ganze Zeit hinter mir herlatschen.»

«What?», fragt Enrico.

«I'm going to look for Lise myself. You don't have to join me», erklärt Tommi. «I'm fine», setzt er noch hinzu, weil er die anderen am liebsten schnell loswerden möchte. Denn wenn er Lise tatsächlich findet, ist es ihm lieber, wenn sie alleine sind …

«You won't be very lucky, man», grinst Enrico, «you might as well try to look for a needle in a haystack!»

Er macht den Eindruck, als würde er sich durchaus freuen, dass Tommi wahrscheinlich für die nächsten Stunden völlig umsonst durch Soho irren wird.

«Stop being so depressing», sagt Jana. «Lovers always find their way back to each other if they really want to.»

«Aber ich weiß ja noch nicht mal, ob sie hier überhaupt ist …», meint Tommi kläglich.

«She's taken the train to Piccadilly», sagt Jana. «Where else would she be? – Hey, why don't we call her?! She must have her mobile with her …»

«Mann», sagt Tommi, «klar, du hast recht!»

Seit sie ihm sein Handy geklaut haben, denkt er gar nicht mehr daran, dass ja trotzdem alle anderen eins haben. Und

Lises Nummer hat er auf einem Zettel in seinem Portemonnaie …

Aber als Jana ihm ihr Handy gibt und er die Nummer getippt hat, kommt nur die Ansage von Lises Mailbox: *The person you've called is not available at the moment.*

«Sie hat ihr Handy nicht an», sagt Tommi enttäuscht. «Oder sie hat mich weggedrückt …»

«Listen», erklärt Jana, «each of us will go for a little walk and we'll keep our eyes open. And whoever finds her will take her over there …»

Sie zeigt auf ein Straßencafé. Vor einer hellblau getünchten Fassade steht eine lange Reihe dichtbesetzter Tische und Stühle. STAR CAFÉ liest Tommi auf dem Schild über der Tür.

Jana blickt auf ihre Uhr.

«Let's meet again at 5 pm, is that okay?»

Tommi nickt.

«Good luck, man», grinst Enrico, «and don't get lost!»

«Take care», sagt Jana und gibt Tommi einen Kuss auf die Wange. «Don't worry, we'll find her!»

«Take care», sagt auch Tommi.

«Let's start searching some shops first», meint Enrico und steuert zielstrebig auf einen CD-Laden zu. Wobei Tommi das dunkle Gefühl hat, dass es Enrico nicht unbedingt darum geht, ausgerechnet in dem CD-Laden nach Lise zu suchen.

Aber die anderen folgen ihm. An der Tür dreht sich Marion nochmal um und winkt Tommi zu.

Tommi holt tief Luft.

Einen Moment steht er einfach nur so da. Dann marschiert er los.

Vor dem Star Café wird gerade ein Tisch frei. Ein Typ mit Lederjacke setzt sich schnell hin. Er telefoniert mit seinem Handy.

Der Typ ist Ernest!

Tommi will einfach weitergehen, aber da hat Ernest ihn schon entdeckt.

Er winkt Tommi an seinen Tisch, ohne das Handy von seinem Ohr zu nehmen.

Unschlüssig setzt sich Tommi auf den freien Stuhl. Ganz vorn auf die Kante, als wollte er gleich wieder gehen.

«Just a minute», sagt Ernest. Dann telefoniert er weiter.

«I miss you», sagt er. «London without you is only half the fun. But listen, I've just met Tommi … yes, of course I will. Bye, love, take care!»

Er steckt das Handy weg.

«Helen sends her love», sagt er zu Tommi. «She feels better, at least she doesn't have to run to the john every five minutes anymore», setzt er grinsend hinzu.

«Good to hear», nickt Tommi automatisch, obwohl er einen Moment braucht, bis ihm wieder einfällt, dass «john» das Wort für «Klo» ist.

«And how about you?», will Ernest wissen. «Where are the others?»

«Over there, in the CD-shop», zeigt Tommi. Was ja noch nicht mal gelogen ist. Nicht wirklich jedenfalls. Und dass er selber eigentlich auf der Suche nach Lise ist, braucht Ernest ja nicht unbedingt zu wissen.

«I see», sagt Ernest. «Right, Tommi», meint er dann, «since you're here, we might as well grab some food together. I'm starving.»

Tommi hat auch Hunger, klar, er hat ja außer dem Frühstück heute Morgen und Lises Müsliriegel den ganzen Tag noch nichts weiter gegessen. Aber gerade jetzt hat er absolut keine Zeit, um in irgendeinem Straßencafé zu sitzen! Er muss Lise finden …

«I …», fängt er an zu stottern. «I mean, I haven't got time, I have to …»

«It's an invitation», erklärt Ernest. Wahrscheinlich denkt er, dass Tommi nur nicht genug Geld dabeihätte. Er winkt die Bedienung an ihren Tisch.

«Two Tim Mellor Specials», bestellt er, ohne sich weiter um Tommis gestotterte Einwände zu kümmern. «And a bottle of sparkling water, please. I haven't got a clue where they've got the name from», erklärt er, als die Bedienung wieder im Café verschwunden ist. «But a Tim Mellor Special is smoked salmon and scrambled eggs, and I bet you'll like it!»

Dann zeigt er auf das Café.

«You should have a look inside later! It really is a wonderfully atmospheric café, and the vintage advertising all over the walls that makes it feel like not much has changed since it opened in the 1930s. It's one of my favourite Soho cafés, and I've been here together with Helen several times …»

Ernest labert und labert. Nicht nur über die alten Re-
klameschilder im Café und das vorzügliche Frühstück oder
das nicht weniger vorzügliche Mittagessen, sondern gleich
darauf auch noch über Soho. Dass Soho eigentlich immer
noch ein Dorf wäre, mitten in London! Und dass Soho
überhaupt erst das richtige London ausmachen würde,
und wer nie in Soho gewesen wäre, hätte keine Ahnung von
London …

Tommi rutscht unruhig auf seiner Stuhlkante hin und
her, aber er hat keine Chance. Es scheint so, als ob Ernest
froh wäre, endlich Gesellschaft zu haben.

«Soho is where it all started», schwärmt Ernest begeistert,
«Carnaby Street was the centre of 1960s fashion, of long
boots and mini-skirts, and of course Soho used to be the
centre of rock music, Jimi Hendrix and the Rolling Stones
and many others, they all did their early gigs at the legen-
dary Marquee Club, and it was only later that it became the
city's red light district with hundred of prostitutes and a
centre of porn, and then by the 1980s Soho had became the
hub of London's gay scene, as it remains today …»

Tommi nickt nur immer. Und ist ein bisschen irritiert
über Ernests Begeisterung. Dass Ernest irgendwie auf alte
Musik steht, war ja spätestens nach der Zebrastreifen-
Nummer in der Abbey Road klar, aber der Rotlichtbezirk
von Soho und die Schwulenszene scheinen es Ernest kaum
weniger angetan zu haben. Vielleicht wäre es schon besser,
wenn Helen nicht in Christchurch krank im Bett liegen
würde, denkt Tommi …

Der geräucherte Lachs, den die Bedienung dann bringt, schmeckt übrigens wirklich klasse. Wenn Tommi auch findet, dass sie das Rührei dazu ruhig weglassen könnten. Aber er merkt jetzt, wie viel Hunger er eigentlich hatte! Und wenn er nicht die ganze Zeit an Lise denken müsste, würde es ihm gerade richtig gut gehen. Obwohl Ernest es schafft, zwischen den Bissen weiter von Soho zu schwärmen. Inzwischen ist er bei Chinatown angekommen, was offensichtlich so was sein muss wie ein Viertel, in dem nur Chinesen leben.

«The largest Chinese community in all of Europe», erzählt Ernest mit vollem Mund, «with hundreds of Chinese restaurants, where you can get everything from roasted duck to crabmeat and tofu, a great spot for inexpensive food, although some restaurants can be little more than tourist traps, which means you always have to choose with care …»

«I know», nickt Tommi, «better only go where Chinese people go, to be sure that the food is excellent!»

«And where the waiters have worn-out suits on», ergänzt Ernest grinsend. «I see you learned your lesson!»

Es ist nämlich noch nicht mal eine Woche her, dass Tommi und Lise zusammen mit Ernest und Helen in Bournemouth chinesisch essen waren. Und Ernest ihnen einen längeren Vortrag darüber gehalten hatte, woran man ein gutes chinesisches Restaurant erkennen kann. Und dass es auf keinen Fall ein schlechtes Zeichen sein muss, wenn die Jackettärmel der Ober speckig glänzen und an den Ellbogen halb durchgescheuert sind. Im Gegenteil!

«By the way», meint Ernest. «I wonder where your friends have gone?»

Er blickt zu dem CD-Laden hinüber.

«They've probably moved on to another shop», antwortet Tommi zögernd.

«I'll go inside for a pee and pay at the bar», erklärt Ernest. «And then we'll follow their trail.»

Er steht auf und verschwindet im Café.

Tommi wartet noch einen Moment, bis er sich sicher ist, dass Ernest die Klos gefunden hat.

Dann steht er auf und geht.

So ganz wohl ist ihm dabei nicht. Aber es ist die einzige Möglichkeit, die er hat. Er muss Lise finden. Und er kann Ernest auf keinen Fall erklären, dass Lise mutterseelenallein irgendwo in Soho rumrennt. Weil sie sich gestritten haben. Und weil erst Lise weggerannt ist und dann er. Und weil Lise ihn jetzt sucht …

Wenn Ernest nachher sauer ist, kann er es auch nicht ändern. Unter Garantie ist Ernest sauer, denkt Tommi.

Seven

Tommi biegt ziellos mal links und mal rechts ab. Erst versucht er noch, sich die Straßennamen zu merken, aber irgendwann gibt er auf.

Eigentlich ist es doch ganz einfach, denkt er, er muss nur

genau an den Orten nach Lise suchen, die sie interessieren. Aber was interessiert Lise? Klamottenläden, klar! Das ist es, denkt Tommi.

Das Problem ist dabei nur, dass es in Soho von Klamottenläden offensichtlich nur so wimmelt. Allein in der Straße, in der er gerade ist, gibt es mindestens zehn Läden, die alle irgendwelche Ständer mit Kleidern und T-Shirts und Hosen vor dem Eingang stehen haben. Von den Geschäften, in denen es nur Schuhe gibt, mal ganz abgesehen. Oder von den ungefähr fünf Hutläden, die er auf Anhieb sieht.

Aber das Ganze ist ja sowieso Quatsch, denkt Tommi im nächsten Moment. Wenn Lise ihn wirklich sucht, dann sucht sie natürlich in den Läden, von denen *sie* glaubt, dass *er* dahin gehen würde. Aber wo würde er überhaupt hingehen?

Er geht ein paar Meter weiter, bis er an einem CD-Laden vorbeikommt. Vielleicht war Enricos Idee vorhin doch nicht so blöd …

Der Laden geht über zwei Stockwerke. Aber es ist kein einziges Mädchen da, das auch nur im Entferntesten wie Lise aussehen würde. Überhaupt ist der Laden ziemlich leer. Und der Typ an der Kasse beobachtet Tommi argwöhnisch. Um ihn zu beruhigen, guckt Tommi schnell den Tisch mit den Neuveröffentlichungen durch. New releases. Die Kooks haben eine neue CD. Mando Diao auch. Was Tommi im Moment allerdings nicht wirklich interessiert.

Er nickt dem Typen an der Kasse freundlich zu und geht wieder.

Zwei Häuser weiter ist ein Laden mit alten Film- und

Musikplakaten. Und mit jeder Menge Postkarten von irgendwelchen alten Hollywood-Schauspielern. The Vintage Poster Shop. Vor Tommi stehen zwei Mädchen, die sich die Postkarten ansehen. Wobei sie immer zwei oder drei Karten aus dem Ständer nehmen, sie sich kurz angucken – und dann aber nur eine wieder zurückstellen. Die anderen verschwinden in der großen Umhängetasche, die die eine von ihnen über der Schulter hat.

Als Tommi mitkriegt, dass die beiden aus Deutschland kommen, sagt er: «Sehr unauffällig, echt.»

«Machst du hier den Detektiv oder was?», fragt die mit der Umhängetasche böse.

«Ich meinte ja nur», sagt Tommi.

«Verzieh dich, du Spinner», sagt das andere Mädchen laut, während sie sich eine Karte von Charlie Chaplin unter ihr T-Shirt schiebt.

Tommi verzichtet darauf, sie zu fragen, ob sie vielleicht irgendwo ein Mädchen mit langen, blonden Haaren gesehen haben, das gerade hilflos durch Soho irrt ...

Als ihm jemand von hinten auf die Schulter tippt, fährt Tommi regelrecht zusammen. Schon wieder ein Mädchen! Offensichtlich hat sie Tommi schon eine Weile beobachtet.

«Are you trying to chat somebody up?», fragt sie. «Looking for a girl to take home?»

«N... No», stottert Tommi, «I only wanted to ...»

Dann weiß er nicht weiter. Das Mädchen mustert ihn spöttisch. Als hätte sie ihn gerade dabei ertappt, wie er versucht hat, die beiden Deutschen abzuschleppen.

Sie hat fast schwarze Haare und blaue Augen. Was irgendwie irritierend aussieht, findet Tommi. Außerdem weiß er nicht, was sie eigentlich von ihm will. Aber ihre Augen sind echt… Tommi guckt schnell irgendwo anders hin. Dann bückt er sich, um seine Turnschuhe neu zu binden. Weil er nicht weiß, was er sonst machen soll.

«You can talk me into coffee if you want», sagt das Mädchen.

Moment mal, denkt Tommi, wer macht hier eigentlich wen an? Und wieso sollte er sie zu einem Kaffee einladen?

«Where are you from?», will sie jetzt wissen.

«Germany», nuschelt Tommi, «and you?»

«I'moish», kriegt er zur Antwort.

«What?»

«Irish», wiederholt das Mädchen, «I am Irish.»

Als würde sie mit einem Kleinkind reden.

«Oh, from Ireland …», bringt Tommi immerhin raus. Und fummelt weiter an seinen Schnürsenkeln.

«You've got it.»

Es sind ihre Augen, denkt Tommi wieder. Er hat noch nie so blaue Augen gesehen. Also klar, Lises Augen sind auch blau, aber … Überhaupt, er hat keine Zeit, hier lange rumzuquatschen. Er muss … Aber ihre Augen sind einfach irre! Wahnsinn! Die schönsten Augen, die Tommi je gesehen hat!

»And you really want me to … have a coffee with you?», fragt er.

Obwohl er ja eigentlich sagen müsste: «I'm sorry but I've

got a girlfriend. And right now I'm looking for her, because we lost each other.» Oder so was in der Art. Aber das sagt er nicht. Sondern überlegt nur, ob er genug Geld dabeihat, um dem Mädchen einen Kaffee auszugeben. Und vielleicht auch ein Stück Kuchen oder so …

«Hey, what you doin?», ertönt im selben Moment eine Stimme. «Is the little gobshite harassing you?»

Ein Typ! Mindestens zwei Kopf größer als Tommi! Und er scheint nicht gerade begeistert zu sein, dass das Mädchen mit Tommi redet. Oder Tommi mit ihr. Außerdem ist er eindeutig ihr Freund! Jedenfalls küssen sie sich so, als ob er ihr Freund wäre.

Und sie flötet: «You're my hero!»

Als hätte Tommi sie wirklich belästigt und der Typ hätte sie in letzter Minute gerettet.

Sie küssen sich schon wieder. Bis der Typ sie zurückschiebt und Tommi mit bösem Blick mustert.

«You better fuck off», sagt er.

«I … I didn't do anything», stottert Tommi schnell. «I only …»

Der Typ antwortet nicht. Sondern macht nur einen Schritt auf Tommi zu. Und Tommi springt auf und rennt. Irgendwie hat er das eindeutige Gefühl, dass es das Beste ist, was er tun kann.

Ein paar Mal guckt er sich noch um, ob der Typ hinter ihm herkommt. Und erst als er zwei oder drei Straßen weiter ist, traut er sich wieder, normal zu gehen.

Er biegt um eine Ecke. Ein Polizeiwagen steht mit zuckendem Blaulicht quer auf der Straße. Dahinter drängt sich ein Pulk von Leuten, die aufgeregt durcheinanderrufen. Im ersten Moment denkt Tommi, dass es vielleicht einen Überfall gegeben hat. A raid. Oder eine Schlägerei oder so was. A fight. Aber dann würden die Polizisten wohl kaum zwischen den Leuten stehen und wie alle anderen auch rufen und pfeifen. Tommi schiebt sich bis in die vorderste Reihe, wo ein paar Fotografen mit Blitzlichtern stehen. Die einen etwas dicklichen und schon älteren Mann fotografieren. Der nicht ein einziges Mal lacht oder auch nur das Gesicht verzieht, sondern grimmig vor sich hin starrt. Er steht vor einer Kneipentür, die von zwei bulligen Rausschmeißern bewacht wird. Die mindestens genauso böse gucken wie der alte Mann selber.

RONNIE SCOTT'S liest Tommi das Schild über der Tür, OPEN NIGHTLY. Daneben ist noch ein Saxophon aus Neonröhren. Einer der Fotografen ruft irgendwas.

«Tip your hat, Van!», versteht Tommi.

Der Alte zieht seinen Hut und verbeugt sich. Immer noch, ohne eine Miene zu verziehen. Die Leute klatschen trotzdem. Die Fotografen lassen ihre Kameras klicken.

«Who is he?», fragt Tommi eine Frau neben sich, die einen Minirock und Stiefel anhat. Obwohl sie mindestens so alt sein muss wie der Typ mit dem Hut.

Die Frau starrt Tommi verständnislos an.

«Who?»

«The man with the hat», sagt Tommi.

«You don't know him?»

«No …»

«You're too young, boy», sagt die Frau kopfschüttelnd. «Isn't it a shame, kids your age don't even know Van the Man anymore!»

Tommi kapiert gar nichts.

Ein Mann mischt sich ein.

«He's Van Morrison», erklärt er. «Van the Man. And he is one of the greatest blues singers on earth! He used to play with Ronnie Scott for many years, the owner of London's best jazz club. Everyone has played at Ronnie Scott's!»

Er zeigt auf die Tür, die Tommi für den Eingang zu irgendeiner Kneipe gehalten hat.

«But since good Ronnie is dead and gone now, Van Morrison has dedicated his new album to him. And that's why the photo shooting is on, it's for the cover of the new CD. And probably some people in the crowd are hoping to find their faces on the cover …»

«I see», nickt Tommi.

Obwohl er sich nur schwer vorstellen kann, dass der alte Langweiler mit dem Hut wirklich weltberühmt sein soll. Ganz abgesehen davon, dass er eher bezweifeln möchte, ob es wirklich irgendjemand gibt, der sich eine CD mit dem Bild eines alten Manns vorn drauf kauft, der aussieht, als würde er sein Publikum am liebsten auffressen wollen.

Die Fotografen scheinen jetzt fertig zu sein.

«Well done, Van!», ruft einer, «as professional as ever!»

Der Alte nickt. Wieder ohne zu lächeln natürlich.

«Oh God, where have all the good times gone», meint

die Frau neben Tommi und sieht aus, als würde sie gleich heulen.

Van the Man zieht jetzt einen Stapel Autogrammkarten aus einer Manteltasche und zückt einen Kugelschreiber. Die Leute stürmen zu ihm, als würde er auch gleich noch anfangen, Geld zu verteilen.

Tommi schüttelt den Kopf und geht schnell weiter.

Vor einem Laden ist ein Stand mit Schmuck aufgebaut, silberne Halsketten und lange Ohrringe und Armreifen und so was.

Tommi überlegt kurz, ob er Lise vielleicht ein paar Ohrringe kaufen soll. Am besten gefallen ihm zwei bunte Papageien, die bestimmt gut zu Lise passen würden. Weil sie irgendwie lustig aussehen. Fröhlich. So wie Lise auch. Wenn sie sich nicht gerade mit Tommi gestritten hat.

Aber als er nach dem Preis fragt, legt er die Papageien-Ohrringe schnell zurück. Twelve Pounds! Das ist mehr, als die neue Kooks-CD kosten sollte …

Andererseits wäre es wahrscheinlich nicht schlecht, wenn er Lise wiedertrifft und gleich zur Begrüßung irgendein kleines Geschenk aus der Tasche ziehen kann. Am besten guckt er nochmal in irgendeinem Kaufhaus, denkt Tommi.

Und dann fällt ihm plötzlich ein, dass sie auf ihrer Sight-Seeing-Tour mit dem Doppeldecker-Bus an einem Kaufhaus vorbeigefahren sind und dass Kirsten und Lise völlig begeistert waren und da unbedingt noch hinwollten.

Womit er zwei Fliegen mit einer Klappe schlagen könnte, denkt er. Vielleicht ist Lise ja gerade in genau diesem Kaufhaus. Und dann kann sie sich ihre Ohrringe gleich selber aussuchen. Und wenn sie nicht da ist, kauft er ihr eben trotzdem ein Paar Ohrringe, die er ihr dann später schenkt.

Aber wie hieß das Kaufhaus? Irgendwas mit Self …

Tommi guckt sich um. Er sucht nach jemand, den er fragen kann. Denn die Londoner werden ja wohl wissen, wie das Kaufhaus heißt. Und wie man da hinkommt.

Aber der Erste, den er anspricht, zuckt nur mit der Schulter und geht schnell weiter. Und der Zweite kommt nicht aus London, sondern aus München – und hat keine Ahnung. Erst bei einem Typen, der eine Kapuze über dem Kopf trägt, sodass man kaum sein Gesicht sieht, hat Tommi mehr Glück.

Bevor er ihn anspricht, zieht er sich schnell seine eigene Kapuze über.

«Excuse me», sagt er dann, «I'm looking for a big store, a department store, very famous, I guess, but I can't remember the name …»

«Harrods?», fragt der Typ.

Tommi schüttelt den Kopf.

«Something with Self …»

«Oh, Selfridges!»

«Yes, that's it», ruft Tommi erleichtert. «Do you know how to get there?»

Der Typ grinst. Er hat eine große Zahnlücke genau in der Mitte, obwohl er kaum älter sein kann als Tommi selber.

«Godowntofeneiksttreifikleutanfentofereut.»

«Pardon?», fragt Tommi irritiert.

Der Typ wiederholt seine Wegbeschreibung. Lauter diesmal, als wäre Tommi schwerhörig oder einfach ein bisschen lahm in der Birne. Tommi versteht immer noch nichts.

«Oxford Street», setzt der Typ jetzt immerhin noch hinzu und zeigt in irgendeine Richtung.

«Thank you very much», sagt Tommi und macht, dass er wegkommt. Nicht dass der Typ ihm noch mehr erzählt, was er nicht versteht.

«Selfridges», sagt Tommi laut vor sich hin, um bloß den Namen nicht wieder zu vergessen, «Oxford Street. Selfridges …»

Aber zumindest scheint die Richtung, die der Typ ihm gezeigt hat, nicht so ganz falsch gewesen zu sein. Tommi macht zwar mit Sicherheit ein paar Umwege, und als er an einem Straßenschild vorbeikommt, auf dem ‹Hanover Street› steht, ist er sich fast sicher, dass er sich verlaufen hat. Aber irgendwann landet er tatsächlich auf einer großen Straße, die ihm deutlich bekannt vorkommt. Und ein Stück nach links entdeckt er gleich darauf die auffällige Fassade des Kaufhauses, an dem sie vorhin vorbeigekommen sind.

Selfridges.

Aber gerade als er durch die breite Glastür will, kommen von beiden Seiten irgendwelche Sicherheitsleute auf ihn zu und packen ihn links und rechts an den Armen.

«No hoodies in here», sagt der eine.

Tommi hat keine Ahnung, was der Sicherheitsmann von ihm will.

«Pardon?», fragt er wieder.

«No hoodies!»

Die beiden packen fester zu und versuchen, ihn wieder zur Tür rauszuschieben.

«Hey», beschwert sich Tommi und wehrt sich. «I'm no hoodie!»

Was immer «hoodie» auch bedeuten mag. Tommi hat keine Ahnung! Aber ganz offensichtlich geht es um irgendwelche Leute, die nicht in den Laden sollen. Rauschgiftsüchtige vielleicht. Oder Bettler.

«I'm neither a drug addict nor a beggar. I'm only a tourist», sagt Tommi also. «From Germany.»

«But with a hoodie on», erklärt der eine der beiden Sicherheitsleute.

«A dosser», sagt der andere. Sie nehmen Tommi einfach hoch und tragen ihn auf die Straße raus. Fauchend schließen sich die Glastüren hinter ihnen. Ein paar Passanten gucken neugierig, was los ist.

Plötzlich dämmert es Tommi. Es geht um sein Sweatshirt mit der Kapuze, die er sich vorhin extra über den Kopf gezogen hat, als er den Typen mit der Zahnlücke nach dem Weg gefragt hat. Und die er dann einfach vergessen hat …

Tommi streift sich die Kapuze vom Kopf.

«Better?», fragt er. «May I get in now?»

Die Sicherheitsleute schütteln ihre Köpfe und bauen sich mit verschränkten Armen vor Tommi auf.

Tommi wird langsam sauer. Er will da jetzt rein! Und es kann ja wohl nicht sein, dass es nur darum geht, dass den Typen sein Sweatshirt nicht passt.

«I only want to buy a present for my girlfriend», erklärt Tommi.

«Steal it might be a better word for what you want to do», lautet die Antwort.

«No!», sagt Tommi. «I don't want to steal, I've got some money, wait, I'll show you …»

Er holt sein Portemonnaie aus der Tasche.

Der eine der beiden Typen beugt sich vor und sagt drohend: «Listen, lad, no young males shielding their faces with hooded tops in here. Buy your pressie somewhere else. And now get your gear together and off you go. Got me?»

Die Glastür hinter den beiden öffnet sich. Karl und Kirsten kommen Hand in Hand aus dem Laden.

«Ihr?», stammelt Tommi.

«Wir», grinst Karl.

Dann merkt er, dass irgendwas nicht stimmt.

«Ist irgendwas? Stimmt was nicht?»

Die beiden Sicherheitsleute gucken irritiert zwischen ihnen hin und her.

«They don't want to let me in», erklärt Tommi. «They don't like my sweatshirt.»

«Quatsch», sagt Karl. «Das ist wegen deiner Kapuze. Ist doch bei uns in manchen Kaufhäusern genauso. Zieh dir die richtigen Klamotten an, und die Sache ist gebongt. Guck dir mich an!»

Er klopft sich breit grinsend auf das Wappen an seinem blauen Jackett. Dann dreht er sich zu den Sicherheitsleuten.

«Well done», sagt er. «Your decision was absolutely correct.»

Er zeigt auf Tommi.

«I know him. He's a shoplifter and pickpocket. A very dangerous individual indeed. The police in Germany have been after him for years!»

Die Sicherheitsleute starren Tommi an. Sie überlegen eindeutig, ob sie ihn vielleicht besser sofort festnehmen sollen. Oder noch besser auf der Stelle erschießen.

«Sag mal, spinnst du?», regt sich Tommi auf. «Die glauben das doch auch noch! Die halten mich wirklich für einen Taschendieb und … Und denken, dass ich klauen will!»

«Stop it, Karl», sagt jetzt auch Kirsten. «It was only a joke», setzt sie für die Sicherheitsleute hinzu. Sie zeigt auf Tommi. «He's a friend of ours. We're in the same language course, and we're on a day trip to London.»

Die Sicherheitsleute zucken unschlüssig die Schultern.

«No hoodies in here», erklärt der eine nochmal. Dann verschwinden sie wieder im Laden.

Karl haut Tommi auf die Schulter.

«Mann, Alter, dich kann man ja wohl echt keine Sekunde aus den Augen lassen! Echt, wenn wir nicht zufällig vorbeigekommen wären, hätten die dich glatt verhaftet.»

«Hä?», macht Tommi.

«Fey would have arrested him, wouldn't fey?», sagt Karl zu Kirsten. «But we've saved him!»

Kirsten beachtet ihn gar nicht.

«What are you doing here?», fragt sie Tommi.

«I'm looking for Lise», erklärt Tommi. «I thought she might be in the department store and …»

«I don't think so», sagt Kirsten. «But does that mean you haven't seen her all this time?»

Tommi nickt. Irgendwie weiß er noch nicht so recht, wie er sich Kirsten gegenüber verhalten soll. Also, schon klar, sie war es nicht, die behauptet hat, dass Tommi zu jung für Lise wäre. Und zu dumm! Aber andererseits wird Lise schon recht damit haben, dass sich Kirsten in alles einmischt und so. Auch in Sachen, die sie nichts angehen!

«The others met her in the Underground», erzählt Tommi jetzt trotzdem. «And they said Lise was looking for me as well, and that she took the train to Piccadilly, because she thought I might be somewhere in Soho …»

«Who are the others?», fragt Kirsten.

«Enrico and Jana and …»

«Enrico kannst du vergessen», erklärt Karl. «Der kriegt nichts auf die Reihe, weiß doch jeder!»

«But it was Marion who talked to Lise», sagt Tommi. «And she said …»

«Marion is French», sagt Karl. Als wäre damit klar, dass auch Marion nichts auf die Reihe kriegen würde.

«I'll call her mobile, okay?», meint Kirsten und holt ihr Handy aus der Tasche.

«We've already tried», sagt Tommi. «But she had switched it off or … didn't want to talk to me …»

«Who's mobile was it?», fragt Kirsten.

«Jana's …»

«So how could she know it was you who wanted to talk to her? – She'll answer my call when she sees it's me! Just wait a second …»

Kirsten ruft Lises Nummer auf und hält sich das Handy ans Ohr. Und dann redet sie plötzlich auf Dänisch los …

«Hej, Lise, det er mig. Vi er i Selfridges magasin nu og … jo, Tommi er her også …»

Als sie Tommis verzweifeltes Gesicht sieht, wechselt sie ins Englische.

«Tommi is looking for you. He wants to know where you are … Oh no, he doesn't give the impression of being very happy, on the contrary, he really seems worried about you …»

«Where is she?», fragt Tommi, weil ihm Kirstens Gerede deutlich auf die Nerven geht. «Ask her where she is?»

«He wants to know where you are», sagt Kirsten.

Dann legt sie die Hand vor ihr Handy.

«She's in the British Museum», gibt sie an Tommi weiter. «And she says that it's absolutely gorgeous!»

«Where is the museum?», fragt Tommi. «I can meet her there!»

Er streckt die Hand aus.

«Give her to me, please. I'll tell her myself …»

Aber Kirsten schüttelt nur den Kopf.

«Wait! – Do you want to talk to him?», fragt sie in ihr Handy.

Als Lise antwortet, zieht sie die Augenbrauen zusammen.

Tommi tritt nervös von einem Fuß auf den anderen.

«Was denn jetzt?», fragt Karl. «Will sie oder nicht?»

Kirsten hält wieder ihr Handy zu.

«Lise says the museum is not only gorgeous for the collection of some million items from all over the world, but in a way depressing as well. She says there are too many things on display that were not just picked up by British travellers and explorers through the centuries, but definitely stolen from other countries and cultures under dubious circumstances …»

«I don't want do know about the museum», unterbricht Tommi sie verzweifelt, «I just want to see Lise!»

«Genau», nickt Karl. «Was labern die da eigentlich? Ist doch egal, ob die Engländer ihr Zeug in dem Museum da jetzt irgendwo zusammengeklaut haben oder nicht, darum geht es doch gar nicht! – Tommi wants so see you!», brüllt er in Kirstens Handy.

Lise sagt wieder irgendwas.

Kirsten nickt.

«She's nearly finished», gibt sie weiter. «And she's heading for Covent Garden Market now. She says it's the last spot she wants to see. And we can meet her there if we want.» Sie spricht wieder mit Lise. «Vi kommer til Covent Garden … ja, det er i orden. Vi ses på caféen. Hej-hej!»

Kirsten steckt ihr Handy weg.

«We'll meet at Covent Garden. I wanted to see it anyway. The old market hall must be absolutely fantastic! I've seen photos of it. It used to be the fruit and vegetable market of

London and has been made into a huge shopping mall, with little shops and stalls and everything, and all underneath the old Victorian glass roof!»

«Ist ja gut», meint Karl, «komm wieder runter. We'll go there and you'll see the beautiful glass roof and everything. Let's go! Wo ist das Ding? Ist es weit?»

«And we'll really meet Lise at the café?», versichert sich Tommi nochmal. Weil das so ziemlich das Einzige ist, was ihn wirklich interessiert.

«We will», nickt Kirsten.

Sie guckt auf ihre Uhr.

«But I'm afraid we'll have to hurry a bit. We're running out of time. We'll just take the train and have a look at the hall, pick up Lise and back we'll have to go. To get to Piccadilly in time. Seven sharpish, as Ernest said.»

Eight

Sie machen sich auf den Weg zur nächsten U-Bahn. Besonders weit kommen sie allerdings nicht. Weil sie sich plötzlich mitten in einer johlenden und kreischenden Menschenmenge wiederfinden, die den Fußweg blockiert. Tommi und Karl und Kirsten versuchen sich einen Weg zwischen den Leuten hindurch zu bahnen. Aber sie schaffen es gerade mal bis zum Straßenrand, dann werden sie von einem Polizisten angehalten. Auf der Straße rollen ganz langsam vier

Motorräder vorbei. Wieder mit Polizisten. Und hinter den Polizisten auf ihren Motorrädern kommen irgendwelche merkwürdigen Vögel, wie Störche, mit langen Schnäbeln und roten Beinen. Natürlich keine echten Vögel, sondern Leute auf Stelzen, in Storchenkostümen, die im Takt mit ihren Schnäbel klappern. Und die Stelzen sind mindestens zwei Meter hoch!

«Wahrscheinlich irgendeine Demo», meint Karl. «Tierschutzverein. Gegen Vogelsterben oder so was.»

Aber hinter den Störchen sehen sie jetzt einen Clown, der ständig über seine viel zu großen Schuhe stolpert und aus seinen Taschen Konfetti auf die Zuschauer wirft. Und hinter dem Clown kommt erst ein Jongleur mit langen roten Haaren, der drei oder sogar vier Keulen immer wieder durch die Luft wirbeln lässt, ohne auch nur ein einziges Mal danebenzugreifen. Dann kommt ein echter Feuerspucker und dann ein Typ mit einem langen grauen Mantel, der einen anderen Typen mit genauso einem Mantel trägt. Das heißt, er versucht ihn zu tragen, aber der andere fällt ihm immer wieder runter. Oder knickt plötzlich in der Mitte zusammen, als wäre er aus Gummi. Er ist aus Gummi, einfach eine Puppe, die sich in alle Richtungen verbiegt, sodass sie dem Typ mit dem Mantel immer wieder aus dem Arm rutscht!

«Komische Demo», erklärt Karl. «Vielleicht doch nicht vom Tierschutzverein, eher irgendwas anderes.»

«Perhaps a circus», schlägt Tommi vor. «And they want to promote their performance tonight.»

«But I can't see any animals», meint Karl. «No real animals», setzt er hinzu, als ein kleiner Elefant vorbeigewackelt kommt. Der zwar fast echt aussieht, aber auf keinen Fall echt sein kann. Weil echte Elefanten niemals mit ihrem Rüssel Bonbons in die Menge werfen würden. Und wenn vielleicht doch, dann aber nur mit dem Rüssel. Jedenfalls würden ihnen nicht gleichzeitig auch noch welche aus dem Hintern geflogen kommen!

«It's a street parade», ruft Kirsten lachend. «I remember it now, a buskers' festival with street performances all over the place, people on stilts and jugglers and fire eaters and actors. I saw a poster advertising it, but I didn't realize it was today!»

Gleich darauf zeigt sie auf eine riesige Gießkanne, die auf zwei Beinen vor einem Mann wegzulaufen versucht, der als Gärtner verkleidet ist.

«I like street performances!», ruft Kirsten Tommi und Karl zu. «We had a festival like this in Copenhagen in early summer, and I spent a whole day there – wow! Look at that!»

Sie zeigt begeistert auf eine Frau in einem altmodischen Kleid, mit einem Hut mit Blumen drauf und einem Sonnenschirm. Die Frau schiebt einen Kinderwagen, in dem aber eindeutig ein erwachsener Mann liegt, dessen Beine links und rechts über den Rand hängen und der einen Schnuller im Mund hat, der fast so groß ist wie sein eigener Kopf. Aus dem Schnuller steigen buntschillernde Seifenblasen auf.

«Look at the bubbles he's blowing!», ruft Kirsten.

«Ist ja ganz witzig», erklärt Karl. «Aber ich kapiere trotzdem nicht, was das Ganze soll. Ich meine …»

«Ist doch egal», meint Tommi. «Wir müssen sowieso los! Sonst schaffen wir es nicht.»

«Wir kommen nur nicht über die Straße», stellt Karl fest. Er blickt sich um. «Und zurück geht auch nicht, alles voll mit Leuten.»

«Wir müssen», sagt Tommi. Er dreht sich zu Kirsten um.

Aber inzwischen haben sich irgendwelche anderen Leute zwischen sie gedrängt. Und Kirsten guckt wie gebannt auf die Straße, wo gerade eine Gruppe von Köchen in weißen Jacken und mit hohen Mützen vorbeimarschiert, die ihre Kochtöpfe und Pfannen als Trommeln benutzen. Der Lärm, den sie veranstalten, ist unbeschreiblich.

«Kirsten!», brüllt Tommi trotzdem. «He, Kirsten …!»

Kirsten hört ihn nicht. Und die Leute zwischen ihnen wollen ihn nicht durchlassen.

«Kirsten!», brüllt jetzt auch Karl.

Kirsten dreht den Kopf.

Karl zeigt auf seine Uhr.

«We have to go!», brüllt er. Er fuchtelt mit den Armen in der Luft herum, um ihr begreiflich zu machen, dass sie sich irgendwie einen Weg aus der Menge suchen soll.

«We'll meet at the tube», ruft er.

Kirsten nickt.

Im nächsten Moment ist sie zwischen den Leuten verschwunden. Als wäre sie vom Erdboden verschluckt.

«Hoffentlich hat sie's kapiert», meint Karl. «Also los!»

Er schiebt sich durch die Menge, ohne groß darauf zu achten, ob er jemand anrempelt oder nicht. Tommi versucht, so dicht hinter ihm zu bleiben wie irgend möglich.

Die Leute stehen dichtgedrängt bis an die Hausfassaden.

Und obwohl Tommi immer wieder «sorry» sagt, machen sie nur unwillig Platz. Weil alle unbedingt sehen wollen, was gerade hinter Karl und Tommi auf der Straße passiert.

Karl hält an.

«Weißt du noch, wo die Station war?», fragt er. «Links oder rechts?»

«Links, glaube ich …»

Sie drängen sich weiter, bis plötzlich eine kleine Gasse abzweigt, in der kaum was los ist.

«Hier lang», sagt Karl. «Wir machen einfach einen Umweg, alles andere hat keinen Zweck, da kommen wir nie durch. Und dann zweimal links, und wir sind wieder da, wo wir hinwollen. Hauptsache, da ist dann auch die U-Bahn-Station …»

«Und Kirsten?», fragt Tommi.

Karl zuckt mit der Schulter.

«Vielleicht hat sie ja einen besseren Weg gefunden», meint Karl. «Warten macht jedenfalls keinen Sinn. Wer weiß, wo sie langläuft.»

«Na gut», nickt Tommi. «Versuchen können wir es ja …»

Aber erst dauert es ewig, bis links wieder eine Straße abgeht. Und dann endet die Straße in einer Sackgasse. Und die nächste Straße führt im Bogen nach rechts und wieder auf die erste Straße zurück.

«Das war ja wohl nichts», stellt Karl fest.

Er keucht ein bisschen, weil sie zum Schluss fast gerannt sind. Tommi keucht auch. Außerdem muss er dringend pinkeln.

«Mist», sagt er, «ich muss mal.»

«Ich auch», nickt Karl. «Und zwar sofort.»

Er deutet mit dem Kopf auf einen Müllcontainer.

Tommi zögert.

«Los, komm schon, Alter! Was Besseres finden wir nicht. There is no men's room around here. Und ich mach mir echt gleich in die Hose.»

Sie schieben sich in den Spalt zwischen Müllcontainer und Hauswand und pinkeln. Und sie sind eindeutig nicht die Ersten, die hier pinkeln.

Es stinkt nach Urin und Abfall.

«Nicht unbedingt das beste Viertel hier, würde ich mal sagen», sagt Karl, während er sich den Reißverschluss hochzieht.

Er zeigt grinsend auf ein Kondom, das zwischen leeren Bierdosen auf dem Boden liegt. A condom. Empty cans and a used syringe …

«Do up your zip», drängelt Karl, als er die gebrauchte Spritze neben dem Container entdeckt, «we'd better go!»

Aus einem Hauseingang kommt ein Betrunkener auf sie zugetorkelt, der irgendwas vor sich hin lallt.

Jetzt rennen sie wirklich.

«Mann», keucht Karl neben Tommi, als sie endlich an einer Art Grünanlage mit ein paar Bäumen drum herum rauskommen. «Ich fürchte, wir haben uns verlaufen. Oder blickst du noch durch, wo wir sind?»

Tommi schüttelt den Kopf, ohne was zu sagen.

Von weit weg hören sie Kirchenglocken.

Tommi schielt auf seine Uhr.

«Mist», sagt er. «Ich war ja mit Jana und den anderen verabredet! In irgendeiner Kneipe, Star-Café oder so. Wir wollten uns da treffen, wenn einer von uns Lise gefunden hat.»

«Und wann?», fragt Karl nur.

«Um fünf!»

Karl guckt ebenfalls auf seine Uhr.

«Congratulations, Alter», sagt er. «Es ist fast sechs inzwischen!»

«I know», meint Tommi. «Und wahrscheinlich warten die anderen da jetzt auf mich.»

«Und Lise wartet in dieser bescheuerten Markthalle, Kirsten ist auch verschwunden, und wir selber haben keine Ahnung, wo wir überhaupt sind. Na, klasse, das nenn ich mal echt gelungen! – Aber weißt du was», setzt Karl dann hinzu, «das können wir doch sowieso vergessen. Das mit Lise, meine ich, und mit dieser Markthalle da. Das schaffen wir nie!»

«Und was machen wir jetzt?», fragt Tommi ziemlich kläglich.

«Jetzt fang bloß nicht an zu heulen», sagt Karl. «Wenn wenigstens mein Akku geladen wäre, dann könnten wir kurz anrufen. Aber die mit ihren blöden Steckern hier lassen einem ja keine Chance. Also muss uns irgendwas anderes einfallen …»

«Und was?»

«Ruhe, Mann, Sherlock Holmes ist doch schon am Denken.»

Karl grinst. «Also, Watson», zählt er dann an seinen Fingern auf, «erstens, wir müssen immer noch irgendwo in Soho sein, so viel steht schon mal fest. Hoffe ich jedenfalls. Und zweitens, wir haben keine Zeit mehr, um noch lange nach Kirsten oder Lise zu suchen. Aber die werden auch alleine klarkommen. Macht drittens, wir versuchen jetzt, diese Kneipe da zu finden, wo die anderen sind …»

«Star Café.»

«Genau, Watson», nickt Karl. «Und viertens latschen wir dann mit denen schön gemütlich zum Piccadilly Circus zurück, wo fünftens inzwischen auch Kirsten und Lise angekommen sind. Ist doch logisch, der Plan, oder? – Okay, sag nichts. Sag nur, in welcher Straße dieses Café da ist …?»

«Star Café.»

«Star Café. Und? Die Straße?»

«Keine Ahnung», sagt Tommi. «Echt nicht. Aber Ernest hat irgendwas gesagt, dass es total berühmt wäre, one of the top cafés in Soho oder so.»

«Na bitte, geht doch», meint Karl und haut Tommi aufmunternd auf die Schulter. Dann dreht er sich um und marschiert auf eine Gruppe von Frauen zu, die auf einer Bank sitzen und auf ihre Kinder aufpassen. Die laut kreischend immer um die paar armseligen Bäume herum hinter einem struppigen Hund herjagen. Oder vielleicht jagt der Hund auch hinter den Kindern her.

«Excuse me», hört Tommi Karl sagen, «we're looking for the Star Café …»

Eine der Frauen erwidert irgendwas. Was Tommi aber nicht verstehen kann, weil jetzt der Hund wie wild zu kläffen anfängt. Aber er sieht, wie die Frau in irgendeine Richtung zeigt. Ziemlich genau dahin, wo sie gerade hergekommen sind. Nein, doch nicht, jetzt zeigt sie woandershin …

Karl bedankt sich und winkt Tommi, dass er kommen soll.

«Total easy, Alter», erklärt er, «nur da vorne rechts und dann immer geradeaus. Great Marlborough Street, kannst du dir das merken? Und deine Kneipe ist in der Great Chapel Street, ist doch great, oder?»

Sie laufen los.

Als sie in die Great Marlborough Street einbiegen, zeigt Karl auf das Straßenschild.

«Sag mal, meinst du eigentlich, dass dieser Marlborough irgendwas mit den Kippen zu tun hat?»

«Die Kippen werden anders geschrieben, nur mit o hinten …»

«Watson, du bist echt der Größte», grinst Karl. «Ohne dich wäre ich glatt verloren!»

Er boxt Tommi in die Seite.

«Und wenn du jetzt noch eine Marlboro mit o hinten für mich hättest, wärst du sogar der Allergrößte.»

Tommi boxt zurück.

«Hab ich aber nicht», sagt er. «Weißt du doch.»

«Watson, Watson, manchmal bin ich doch enttäuscht

von dir! Du musst dir echt das Rauchen angewöhnen, Alter! You know, smoking a fag to blow your worries to the sky …»

Tommi lacht.

Eigentlich ist es genau umgekehrt, denkt er. Nicht Karl wäre ohne ihn verloren, sondern er ohne Karl. Auch wenn Karl manchmal total nerven kann. Aber gerade im Moment ist Tommi jedenfalls verdammt froh, dass Karl bei ihm ist. Wenn er auch die ganze Zeit daran denken muss, dass Lise irgendwo auf ihn wartet. Und wahrscheinlich sauer ist, weil er nicht kommt. Hoffentlich trifft sie wenigstens Kirsten, denkt er. Und hoffentlich treffen sie sich nachher wirklich alle am Bus wieder!

«He, was ist das denn?!», ruft Karl plötzlich und deutet mit dem Kopf ein Stück die Straße runter. Zu einem Absperrgitter, hinter dem sich wieder jede Menge Leute drängen. Und hinter dem so was wie eine Bühne aufgebaut zu sein scheint.

«Das ist doch nicht wahr», stammelt Karl entgeistert.

«The buskers' festival», sagt Tommi. «As Kirsten said, it's all over the place.»

«And we're trapped again», stellt Karl fest. «No chance. – He!», ruft er im nächsten Moment. «Das ist doch der Typ von vorhin, der Jongleur mit den roten Haaren. Den fand ich vorhin schon gut, besser jedenfalls als diese komischen Störche! Los, komm, wir müssen ja sowieso irgendwie da durch …»

Sie zwängen sich durch das Absperrgitter.

Der Jongleur fängt offensichtlich gerade erst mit seiner Show an.

«My name is Cotton McAloon», stellt er sich vor. «I'm the greatest French-American redheaded juggler in Berlin-Kreuzberg.»

Er wirft sich seine langen, roten Haare über die Schulter.

«But before I start with the really dangerous things I'd like to show you a classical juggling routine called ‹the incredible three balls› …»

Ein paar Leute im Publikum lachen.

«Was?!», fragt Karl.

«Irgendwas mit drei Bällen», sagt Tommi, «ich weiß auch nicht.»

«Heißt ‹balls› nicht auch …»

Tommi nickt.

«Alles klar», meint Karl. «Ist doch witzig. Three balls!»

«I'll start with a really silly trick», macht der Jongleur weiter. «I let my three balls dance across my earlobe …»

Er wirbelt drei rote Bälle durch die Luft, dann hält er plötzlich seinen Kopf schräg und lässt einen Ball nach dem anderen über sein Ohr rollen, um ihn gleich darauf wieder aufzufangen und erneut nach oben zu werfen.

«Mann, der Typ ist echt gut», meint Karl anerkennend, als die Leute begeistert Beifall klatschen. Auch Tommi klatscht.

Aber dann bricht der Jongleur mitten in seiner Nummer ab und zeigt mit dem Finger genau auf Karl.

«Did you like that trick?»

«Yes, of course», stottert Karl.

«Do you want to see some more?»

«Yes, of course», nickt Karl wieder.

«Well then, come back tomorrow!»

Die Zuschauer lachen.

«Just kidding», grinst der Jongleur. «I'll show you another trick, but be careful, if you clap like that, with your hands in your pocket, you might be in for an unpleasant surprise!»

Die Zuschauer lachen noch lauter.

«Was?», fragt Karl verunsichert.

«Du sollst die Hände aus der Hose nehmen», lacht auch Tommi. «Damit nicht irgendwas passiert, was du nicht willst …»

Karl zieht schnell seine Hände aus den Hosentaschen, während er gleichzeitig vor Verlegenheit ganz rot im Gesicht wird.

Der Jongleur nickt Karl so freundlich zu, dass man ihm echt nicht böse für seinen Spruch sein kann, denkt Tommi.

Aber Karl sagt trotzdem: «Lass uns bloß abhauen hier!»

Er drängt sich zwischen den anderen Zuschauern hindurch und geht schnell weiter.

«He», sagt Tommi, als er ihn wieder eingeholt hat, «das war doch aber irgendwie witzig!»

«Für dich vielleicht», meint Karl nur. «Aber wenn er auf dich gezeigt hätte, wärst du auch sauer.»

«Firstly», sagt Tommi, immer noch lachend, «he didn't point at me, secondly I didn't have my hands in my pockets, and thirdly you would have laughed at me as well if I had, right?»

«Stimmt schon», gibt Karl zu. «Aber trotzdem, why has it always to be me who turns out to be the idiot?»

«Maybe because you are?», stichelt Tommi.

«Listen, Watson», sagt Karl und heftet Tommi seinen Zeigefinger auf die Brust, «spar dir deine Sprüche oder ich mach mich hier und sofort vom Acker! Und dann wollen wir mal sehen, ob du dann immer noch lachst …»

Tommi weiß nicht so recht, ob Karl das jetzt wirklich ernst meint oder nicht.

«He», sagt er, «was ist los?»

«Nichts ist los», meint Karl. «Außer dass ich finde, du könntest mir ruhig ein bisschen dankbar sein.»

«Was?!»

«Ist doch so», sagt Karl. «Ohne mich wäre doch alles nur halb so witzig, oder?»

Er grinst Tommi an, wie nur Karl grinsen kann.

Als er Tommis verdutztes Gesicht sieht, prustet er los.

«I've got you! Du hast echt gedacht, ich meine es ernst, oder?»

«Haha», sagt Tommi.

Aber dann muss er auch lachen.

«Okay, you win!»

«And you lose! – Aber dir ist doch klar, dass wir es nie schaffen, hier rechtzeitig durchzukommen?», fragt Karl gleich darauf und zeigt erst auf seine Uhr und dann auf die sich drängenden Leute vor ihnen. «No chance. Wir sollten lieber machen, dass wir irgendwie zur nächsten U-Bahn kommen, damit wir wenigstens noch rechtzeitig beim Bus sind! Ich hab jedenfalls keine Lust, mir unnötig Ärger mit Ernest einzuhandeln.»

«Mann, wenn wir wenigstens Kirstens Stadtplan dabeihätten», stöhnt Tommi, «aber so …»

«U-Bahn», sagt Karl. «No problem.»

Er hält den nächsten Passanten an.

«Excuse me, sir, can you please show us the way to the next tube station? We have to go to Piccadilly!»

«You might be better off walking», erklärt der Mann, der sich aber zumindest auszukennen scheint. Er zeigt auf die nächste Seitenstraße. «Walk down Berwick Street, keep straight ahead, down to the end and then turn right into Shaftesbury Ave and then straight ahead again to Piccadilly Circus. It's about half an hour, twenty minutes, if you hurry up a bit.»

Karl verdreht die Augen.

«Mann, das müssen wir irgendwie schaffen», sagt er dann zu Tommi, «sonst …»

Aber kaum sind sie in die Berwick Street abgebogen, stecken sie wieder in einer Menschenmenge fest. Diesmal geht es um einen Typen, der sich, als Charlie Chaplin verkleidet, ganz oben an eine schwankende Straßenlaterne klammert. Und jedes Mal, wenn die Laterne sich bis dicht über die Köpfe der Zuschauer biegt, spitze Schreie ausstößt. Wobei schon klar ist, dass die Straßenlaterne natürlich zu seinen Requisiten gehört. Und dass er unter Garantie nicht runterfallen wird. Aber langsam findet Tommi das Ganze nicht mehr witzig. Ehrlich gesagt, hat er die Nase voll von irgendwelchen Straßenkünstlern. Egal, wie gut sie sind. Und erst recht von johlenden und klatschenden Menschenmassen, die ihnen den Weg versperren. Ehrlich gesagt, kriegt er langsam auch Panik, dass sie es nicht mehr rechtzeitig zum Bus zurück schaffen. Und Karl scheint es kein Stück besser zu gehen.

Nine

«Hier lang», quetscht Karl zwischen den Zähnen hervor und boxt sich mit dem Ellbogen einen Weg frei. «Mann, los, wir müssen uns echt beeilen …»

Aber sie kommen immer nur ein paar Meter voran, wenn überhaupt. Tommi glaubt, dass er noch nie so viele Menschen auf einmal gesehen hat.

«Ich kann nicht mehr», japst Karl neben ihm.

«Ich auch nicht», bestätigt Tommi. «Es nervt, aber echt!»

«Ich hoffe nur, sie warten auf uns …»

Und dann steht plötzlich ein Straßenmusiker vor Tommi und Karl. Ein hagerer Typ mit einem steifen, hohen Hut auf dem Kopf, der eine Gitarre umhängen hat und eine Schlagzeugtrommel auf dem Rücken, die er irgendwie mit den Ellbogen bedient.

«*Standing in the middle of nowhere*», singt er mit heiserer Stimme, «*wondering how to begin, lost between tomorrow and yesterday, between now and then, and now we're back …*»

Der Typ knallt die Knie zusammen, an denen kleine Becken befestigt sind. Es scheppert.

«... *where we started, here we go around again, day after day I get up and say: I better do it again, do it again ...*»

Er schiebt sein Gesicht ganz dicht an Tommi, dann grinst er plötzlich und bricht mitten in seinem Song ab.

«Hi, cock, how's it going?»

«I'm no cook», stammelt Tommi irritiert. «I'm ...»

«*Cock*, not cook», grinst der Typ, jetzt deutlich belustigt. «Cock is a London expression for mate. – Are you German?», fragt er dann.

Tommi nickt.

«Nice German clothes», grinst der Typ wieder und zeigt auf Karls Klamotten. «Hilfe! Hilfe!», ruft er gleich darauf. «Guten Tag. Auf Wiedersehen. Wo geht Bahnhof, bitte schon?»

Als er Tommis verdutztes Gesicht sieht, will er sich halb kaputtlachen.

«Los, Mann, komm weiter», sagt Karl und versucht, Tommi an dem Musiker vorbeizuziehen.

Aber der macht sich jetzt einen Spaß daraus, ihnen den Weg zu verstellen. Wenn sie links vorbei wollen, macht er einen Schritt nach rechts. Und einen Schritt nach links, wenn sie es auf der anderen Seite versuchen.

«*Better do it again, do it again ...*», singt er dabei leise weiter.

Und dann kommt plötzlich ein jüngerer Typ mit schwarzen Locken dazu, der vier Plastikbecher mit irgendeiner schwarzen Flüssigkeit mit weißem Schaum obendrauf aus der Kneipe neben ihnen angeschleppt bringt. GUINNESS IS GOOD FOR YOU, steht auf den Bechern. Bier also. Und entweder holt der Typ immer vier Bier für zwei Leute, oder er hat sie schon länger beobachtet. Jedenfalls haben Tommi und Karl gleich darauf jeder einen Plastikbecher Guinness in der Hand!

«Drink your fill!», fordert der Musiker sie auf.

Der andere grinst nur und hebt seinen Becher: «Cheers!»

«No, thank you», setzt Tommi an.

«Mach schon», unterbricht ihn Karl. «Ist doch egal. Und sonst sind sie vielleicht beleidigt oder so. Also, hau weg das Zeug! Cheers!», prostet er den beiden Typen zu.

«Let's raise our glass to the rock stars of the past», bringt der Musiker einen Trinkspruch aus.

«Those who made it and those who faded», ergänzt der mit den Locken.

Sie trinken.

Das Bier schmeckt irgendwie bitter, findet Tommi. Er nimmt nur einen kleinen Schluck. Aber Karl schafft es, den Becher fast halbleer zu trinken, ohne ein einziges Mal abzusetzen. Dann wischt er sich den Schaum von den Lippen und sagt: «Good stuff. Thank you very much. But we have to go on now. We're a bit short of time.»

Der Musiker nickt, als könnte er Karl gut verstehen. Als hätte er selber auch keine Zeit mehr, um noch weiterzureden.

Der mit den Locken drückt Tommi einen Werbezettel in die Hand. Den Tommi sich in die Tasche schiebt, ohne auch nur einen Blick drauf zu werfen.

«*Standing in the middle of nowhere*», fängt der Musiker wieder an zu singen, «*wondering how to begin …*»

Und diesmal lässt er Tommi und Karl ohne weiteres vorbei. Sie halten ihre Guinness-Becher vor die Brust gedrückt und lassen sich von einer unglaublich dicken Frau weiterschieben, die sich mit fettigen Fingern einen Bissen nach dem anderen aus ihrem Fish-and-Chips-Karton in den Mund stopft.

Karl guckt leicht panisch.

«Mann», sagt er zu Tommi, «nicht dass die Alte mir mein Jackett vollkleckert.»

«Oder sich ihre Finger an deiner Hose abwischt», kichert Tommi.

«Sag nichts gegen meine Hose, du … du Hoodie, du!»

Karl versucht, im Gehen einen Schluck zu trinken. Aber weil der Mann vor ihm im gleichen Moment anhält, schwappt der Rest Guinness aus dem Becher und über Karls T-Shirt.

«Mist!», schimpft Karl empört. Er drängt sich zu einem Papierkorb durch, um seinen leeren Becher loszuwerden.

Tommi sieht, wie er plötzlich aufgeregt winkt und auf die Gasse deutet, die links abgeht. Und in der gerade ein schwarzes Londoner Taxi hält, aus dem ein Fahrgast steigt.

«That's our chance, Tommi!», brüllt Karl und rennt schon los. Tommi schafft es irgendwie, hinter ihm herzukommen. Sein Guinness drückt er einfach einem völlig verdutzten Punk in die Hand, der so aussieht, als würde es ihn nicht weiter stören, dass Tommi ja schon aus dem Becher getrunken hat.

Dann steht er neben Karl. Karl beugt sich zu dem offenen Fenster an der Fahrerseite.

«We need a taxi to Piccadilly …»

«Get in, lads!»

Sie klettern auf die Rückbank. Das Taxi ist so hoch, dass sie sich kaum bücken müssen. Und es ist so viel Platz, dass sie sogar die Beine lang ausstrecken können. Zwischen ihnen und dem Fahrer ist eine Trennscheibe.

«Sollten wir nicht besser fragen, wie viel es kostet?», fragt Tommi nervös.

«Mann, mach keinen Stress jetzt, don't panic!»

Karl klopft sich auf die Hosentasche, in der sein Portemonnaie steckt.

«Wird schon reichen …»

Der Fahrer schiebt die Trennscheibe zur Seite.

«It's not the best time to get through Soho while the festival is on», erklärt er, während er das Taxi rückwärts aus der Gasse manövriert. «We'll have to make a short detour.»

«Schon klar», nickt Karl. «Ist okay.»

«But we're in a hurry», sagt Tommi. «We have to get to Piccadilly to catch our coach for home. And we're late already!»

«I'll do my very best», meint der Fahrer nur.

Trotzdem kommt es Tommi nicht so vor, als ob er sich

sonderlich beeilen würde. Außerdem scheint der Fahrer sich unbedingt mit ihnen unterhalten zu wollen. Jedenfalls stellt er jetzt umständlich den Rückspiegel so ein, dass er sie sehen kann, und legt los. Über die Londoner Taxifahrer im Allgemeinen und sich selber im ganz Besonderen.

«You know, lads, London taxi drivers are a special breed, yes, they are indeed! Just the other day you could even read it in the papers! Some scientists have discovered that there is a certain mutation in the brains of London taxi drivers, which brings about an altered state of consciousness. We don't need no GPS or other navigation system since we just have a three dimensional map of greater London right in here …»

Er tippt sich an die Stirn. Um sich gleich darauf auf die Hupe zu stemmen, weil direkt vor ihm ein Lieferwagen in eine Parklücke zu rangieren versucht.

«Right in here», wiederholt der Fahrer, während er um den Lieferwagen herumkurvt und die geballte Faust zum Fenster rausstreckt. «It took me three years to get trained and qualify myself, but now that I've got the licence I know more than 32.000 streets by name! More than 32.000 streets, can you imagine that number? It's just incredible!»

«It probably would be even better if you not only knew the names of the streets but where they are», wirft Tommi ein.

Karl verdreht die Augen.

«Mann, hör auf», zischt er. «Nicht dass der Typ uns sonst wohin bringt! Du hast doch gehört, 32 000 Straßen! Der kann uns glatt irgendwo absetzen, wo wir nie wieder weg-kommen. Außerdem ist er nicht ganz richtig in der Birne,

hat er selber gesagt, alles mutiert da oben, anderer Bewusst-
seinszustand und so …»

Der Taxifahrer beobachtet sie im Rückspiegel. Er sieht
aus, als wäre er beleidigt. Aber wenigstens hat er erst mal
aufgehört zu labern.

Tommi nickt ihm freundlich zu.

Der Fahrer dreht den Rückspiegel weg.

Gleich darauf setzt er den Blinker und fährt links ran.

Als Tommi aus dem Fenster guckt, sieht er die Lichtrekla-
men von Piccadilly Circus. Und ihren Reisebus!

«Wir sind da», sagt er zu Karl. «Und der Bus steht auch
noch da …»

Karl stößt erleichtert die Luft aus. Dann beugt er sich
nach vorn.

«How much is the fare?»

«A fiver will do it», sagt der Fahrer, ohne sich umzudre-
hen. Er hält nur die geöffnete Hand nach hinten.

Karl holt eine Fünfpfundnote aus seinem Portemonnaie.

Als sie auf dem Fußweg stehen, fragt er Tommi: «War das
jetzt viel oder wenig?»

«Keine Ahnung», meint Tommi. «Aber ich glaube, auf
dem Taxameter stand drei neunzig …»

«Alles klar», nickt Karl. «Erweiterter Bewusstseins-
zustand! – Okay, Alter, dann versuchen wir mal, Ernest das
Ganze zu erklären …»

Ernest erwartet sie mit verschränkten Armen und einem
Gesicht, als würde er ihnen am liebsten links und rechts eine

scheuern. Oder als wollte er unbedingt dem Typen Konkurrenz machen, den Tommi am Nachmittag bei den Fotoaufnahmen für sein neues CD-Cover gesehen hat.

«Sorry», sagt Tommi. «But …»

«Sorry», erklärt Karl gleichzeitig, «we got lost. But it wasn't our fault, we …»

«Where is Lise?», unterbricht Ernest ihre Stammelei.

«Isn't she here?», fragt Tommi entsetzt. «We thought she was here! We …»

«I wish she were», sagt Ernest. «And I hoped she was with you. Kirsten told me you wanted to meet her in Covent Garden …»

Kirsten kommt aus dem Bus und hinter ihr Enrico und Jana und ein paar von den anderen.

«He, da seid ihr ja!», ruft Jana. «Wo wart ihr denn? Wir haben die ganze Zeit in dem Café da auf euch gewartet und …»

Sie stutzt.

«Ihr seid ohne Lise? Nur ihr beiden?»

Tommi nickt.

Jana dreht sich um.

«Tommi and Karl are here. But Lise is still missing», informiert sie den Rest der Gruppe, der sich noch vor der Tür vom Bus drängt.

«Didn't you go to the market hall?», fragt jetzt Kirsten irritiert. «When I suddenly lost you in the crowd I thought you had taken the train to Covent Garden and …»

«We got lost somewhere in Soho», erklärt Karl. «And

then it was too late and we were stuck in the festival. But we thought you …»

«I got lost too. I just arrived here a couple of minutes ago.»

«Have you phoned her?», will Tommi wissen.

Kirsten nickt.

«I tried again and again. But she doesn't answer. It's only her mail box all the time.»

Tommi guckt hilflos zu Ernest.

«Ihr habt Mist gebaut, Jungs», sagt er. «Aber komplett.»

«Und jetzt?», fragt Tommi.

Ernest guckt auf seine Uhr.

«It's half seven now. Half past seven! We'll give her another half hour and then …»

Er zuckt mit der Schulter.

«And then?», fragt Tommi. Seine Stimme zittert.

«Ask the police for help, I guess. Maybe they'll have an idea what to do.»

«We have to be in Christchurch by eleven», mischt sich Enrico ein. «Most of us will be picked up at the bus stop by their host parents. We can't keep them waiting.»

«They'll survive it», sagt Jana. «I can phone mine and ask them to tell the others!»

«Anyhow there's no sense in all of us waiting here», überlegt Ernest laut. «I guess it might be better if only I stayed here …»

«No!»

Tommi schüttelt den Kopf.

«I'll wait with you.»

«And so will I», erklärt Karl. «Aber vielleicht kommt sie ja auch gleich, dann ist sowieso alles in Butter», setzt er schnell hinzu und boxt Tommi aufmunternd gegen den Arm. «I bet she's on her way already. It's only the fucking festival that will be a problem for her. Exactly as it was for us. But she'll be here soon …»

«I hope so», sagt Ernest.

Kirsten versucht wieder, Lise auf ihrem Handy zu erreichen. Aber dann schüttelt sie wieder den Kopf.

«Nothing», sagt sie. «No reply.»

«Ganz ruhig, Alter», sagt Karl und legt Tommi die Hand auf die Schulter.

Tommi schluckt.

«Don't forget she's Danish», grinst Karl. «Erinnerst du dich noch, wie sie die Typen in dem Horror-Museum angemacht hat? Ihr passiert schon nichts!»

«We should never have let her go», meint Kirsten leise. «I'm her best friend, I should have stayed with her.»

«It was my fault», sagt Tommi.

Karl tippt sich an die Stirn.

«Quatsch! Sie hat doch angefangen! Wenn sie nicht ausgeflippt wäre, hätten wir jetzt auch kein Problem.»

«Stimmt schon», sagt Tommi. «Aber trotzdem. Ich meine, wenn ich …»

«Stop», mischt sich Kirsten ein. «No one has just freaked out, it's not that easy. It's a matter of feelings, and you should take it seriously, as you always should when there is love involved.»

«It is easy», beharrt Karl. «It's only that girls never know what they want.»

«Right you are, man», erklärt Enrico. «And that is exactly why a man should tell a woman what he wants her to do. Otherwise he'll be lost. – I'll show you», sagt er dann und zieht Jana an sich, bevor sie noch so ganz kapiert, was er vorhat.

«Come on, baby, light my fire!», grinst Enrico und versucht, Jana zu küssen.

Jana wehrt sich und stößt ihn wütend zurück.

«You're only talking rubbish», regt sie sich auf, «you're nothing but … but a …»

Ihr fällt kein Wort ein.

«Genau», nickt Karl. «Finde ich auch.»

Er dreht sich zu Ernest.

«Was heißt großmäuliger Vollidiot mit Sonnenbrille?»

«What?», will Enrico wissen. «Did you say I'm an idiot?»

«With sunglasses», nickt Karl.

Enrico will auf Karl losgehen. Karl nimmt die Fäuste hoch.

Ernest breitet die Arme aus und hält die beiden auseinander.

«Stop it, guys», brüllt er sie an. «We've got other problems!»

«I only wonder why boys always try to solve their problems with their fists», wirft Kirsten ein. «If that really is what boys are, I can understand Lise pretty well.»

«What?!», macht jetzt Tommi empört.

«You stop it, too, Kirsten», sagt Ernest. Man hört seiner Stimme an, dass er deutlich genervt ist. Und sauer.

Er guckt wieder auf seine Uhr.

Der Busfahrer kommt zu ihm rüber.

«I mustn't park here any longer.»

Er deutet mit dem Kopf zurück auf den Bus, der die ganze Zeit mit eingeschalteter Warnblinkanlage am Straßenrand steht.

«It's only for loading and unloading. If the police pass by they'll fine me for wrong parking …»

«I know, I know», stöhnt Ernest. «Just a few minutes more, please!»

Der Busfahrer schüttelt unwillig den Kopf.

Im selben Moment hält ein Laster mit quietschenden Reifen mitten auf der Straße. Und hupt. Um gleich darauf zurückzusetzen und sich schräg vor ihren Bus zu stellen, mit einem Hinterreifen auf dem Fußweg. Ein Bedford-Laster. Ein verbeulter Bedford-Laster, in dem sich drei kleine Jungen die Nasen am Seitenfenster platt quetschen und aufgeregt winken. Rons Laster!

Ten

Ritchie, Mickey und Little David kommen kreischend auf Tommi zugerannt. Hinter ihnen klettern Ron und Rosie aus dem Bedford.

«Surprise, surprise!», brüllt Little David begeistert. «Would you have thought that we were going to London as well? I bet you wouldn't!»

Er hüpft aufgeregt auf einem Bein um Tommi herum und zupft ihn am Arm.

«You wouldn't, would you?!»

«That's why we were all dressed in our best clothes this morning», erklärt Ritchie.

«And we've been everywhere», sprudelt Mickey los. «We've been to Buckingham Palace and Westminster and Big Ben and Old Scotland Yard and … everywhere! Daddy took us everywhere, even to places where cars aren't allowed! It was cool.»

«Dead cool», bestätigt Ritchie.

«And we saw the Horse Guard Parade!», brüllt Little David dazwischen. «It was dead cool too. When we are old enough, me and Mickey will join the Horse Guards! Did you see the Horse Guards? They're really cool. I like their uniforms very much. And they ride on horses all the time!»

«No, I didn't see them», schafft Tommi es jetzt immerhin einzuschieben. «But I think I saw your lorry on a street by the river …»

«That was us!», ruft Little David begeistert. «We drove along a street by the river Thames, didn't we?», dreht er sich zu seinen beiden Brüdern.

Ritchie und Mickey nicken.

Inzwischen stehen auch Ron und Rosie bei ihnen und strahlen übers ganze Gesicht. Als hätte ihnen zu ihrem

Glück nur noch gefehlt, dass sie tatsächlich Tommi treffen, mitten in London.

«I thought we'd never meet you», sagt Rosie, «but Ron always said we would.»

«And we did!», strahlt Ron.

Er wendet sich zu Ernest, der offensichtlich nicht so recht weiß, was er von der überschwänglichen Begrüßung halten soll. Oder überhaupt von Ron und seiner Familie …

«When Tommi told us that he'd be going for a day trip to London», erzählt Ron, «we just decided to take a day off and have our own London trip. And here we are!»

Er reibt sich lachend die Hände.

«Are you about to go back home now?», fragt er dann mit einem Blick auf den Busfahrer und die anderen aus dem Sprachkurs. Er stutzt und zieht die Augenbrauen zusammen, als er merkt, dass irgendwas nicht zu stimmen scheint.

«Where's Lise?», fragt Rosie im gleichen Moment. «I can't see her …»

Sie guckt sich um.

«She's missing», erklärt Ernest. «We haven't got a clue where she might be. Or what we can do now.»

Er erzählt in ein paar Sätzen, was passiert ist. Und dass Lise nicht an ihr Handy geht. Aber dass sie eigentlich auch nicht mehr länger warten können. Und dass sie gerade entschieden haben, dass die anderen jetzt mit dem Bus zurückfahren und er und Tommi dableiben. Falls Lise doch noch kommt. Oder dass sie sonst eben zur Polizei gehen müssen …

«Me too», sagt Karl. «I'll wait with them.»

«I have to get the coach off here», sagt der Busfahrer. «If the police come I'll get a parking fine.»

«Oh Jesus», sagt Rosie kopfschüttelnd. «That poor girl! And she was such a little cutie …»

«I hope she still is», erwidert Ron.

Ritchie und Mickey starren nur mit offenem Mund von einem zum anderen. Während Little David einen dicken Popel aus seiner Nase zutage fördert.

«We need a plan of action», erklärt Ron entschlossen. «Listen, you send the kids home with the coach and let Rosie and my three soldiers go with them. And I'll stay here to help you look for Lise. What about that?»

«No, daddy, no!», ruft Mickey. «We want to stay here too!»

«We don't want to go home with the boring coach!», ruft auch Little David. «We want to stay here. I'm staying here», erklärt er trotzig und verschränkt die Arme vor der Brust. «I won't move.»

«No demonstrations, boys», sagt Ron. «You'll do as you are told. And that is that.»

Ernest nickt.

«It probably might be for the best. If you really want to help …»

«No doubt about that», erklärt Ron. «Anyway it's your only chance to get back to Christchurch tonight, and by then we'll have Lise found.»

«Daddy», meldet sich jetzt Ritchie zu Wort. «I think …»

«What?»

Ritchie dreht sich zu Tommi.

«Does Lise have a T-shirt on, a pink one, with something written on it in front? And a pink rucksack?»

Tommi nickt.

«And jeans and pink sneakers», sagt er.

«Why do you ask all that, Ritchie?», fragt Rosie. «You saw her this morning. You know her clothes! And you even told me you'd like to have a pink rucksack as well!»

Ritchie wird rot und starrt auf seine Schuhspitzen.

«What is it now, son?», will Ron wissen.

«I think I saw her», sagt Ritchie zögernd, ohne hochzugucken.

«When? This morning?»

«No, here in London, just …»

«Where?»

«I can't remember. It was in some street that we drove along …»

«Think hard, boy», fordert Ron ihn auf. «Where was it?»

«It was when we were followed by that white police van. You know, when you thought they were going to stop us because you had missed the red light at the crossing, but then they didn't, they turned off into another alley, and you said …»

«Must have been in Chinatown», unterbricht ihn Ron. «I remember. It was on the way here. No longer ago than twenty minutes. And you're sure? She was there?»

«I saw a girl in a pink T-shirt with something written on

it», nickt Ritchie. «I thought it was her, and I wondered what she was doing there …»

«Why didn't you say something, you bloody idiot?!», ruft Little David.

«Yes, why didn't you?», fragt auch Mickey.

«I don't know. I think I just forgot. I couldn't know she …»

«Well», meint Ron. «It's a clue at least. Off we go to Chinatown! Cross your fingers that we'll find her! Chinatown isn't the best area for a girl on her own …»

Sie entscheiden, dass Ernest am Piccadilly Circus stehen bleiben soll. Für den Fall, dass Lise da von allein erscheint. Während sich Ron mit Tommi und Karl auf den Weg nach Chinatown macht.

Ernest nickt zu der Statue in der Mitte des Platzes hinüber.

«I'll be waiting at the top of the stairs over there», sagt er. «So that she won't have a problem seeing me.»

Kirsten und Ernest tauschen ihre Handynummern aus.

«And please, don't forget to call me when you've found her», sagt Kirsten.

«Good luck», sagt Jana. «Hoffentlich findet ihr sie!»

«Oh Jesus, what a mess!», meint Rosie. «I'll stay up all night long and sit right beside the telephone.»

Sie drückt Tommi einen Kuss auf die Wange, dann schiebt sie ihre drei Jungen in den Bus. Die anderen aus dem Sprachkurs folgen ihr.

In der Tür dreht sich Enrico nochmal um und meint fast

freundlich: «Don't worry, I bet she's fine.» Aber dann kann er es doch nicht lassen, noch hinzuzusetzen: «She probably just bumped into some drunken sailors who offered her one drink too much …»

«Hör gar nicht hin», meint Karl zu Tommi. «Er ist einfach zu doof.»

Sie klettern hinter Ron her in den Bedford. Tommi und Karl quetschen sich nebeneinander auf den Beifahrersitz.

«Right», sagt Ron und reiht sich in den Verkehr ein. Wozu er einfach den ausgestreckten Arm aus dem Fenster hält und es ihn nicht im Geringsten zu kümmern scheint, dass irgendein Lieferwagenfahrer im letzten Moment in die Bremse steigen muss, um einen Auffahrunfall zu vermeiden.

«There's no traffic anywhere that's as heavy as it is in London», sagt Ron nur. «And you don't have a chance if you're polite or stick to the rules.»

Dann schiebt er eine Kassette in das Autoradio und dreht die Lautstärke hoch. Elvis natürlich.

«My baby left me, never said a word, was it something I've done, something that she heard, my baby left me …»

Ron knurrt irgendwas vor sich hin und spult einen Song weiter:

«You're nothing but a hound dog, tracking on my trail …»

Ron nickt zufrieden.

«Elvis has got a song for every situation», sagt er, «because he's been through every situation himself.»

Tommi und Karl sagen gar nichts, sondern gucken nur

links und rechts, ob sie irgendwo auf dem Fußweg vielleicht Lise entdecken.

Es ist viel näher nach Chinatown, als Tommi gedacht hatte. Als Ron abbiegt und sie die ersten chinesischen Schriftzeichen über den Restaurants und Tattoo-Läden sehen, kurbelt Tommi das Fenster runter.

«Siehst du sie irgendwo?», fragt Karl.

Tommi schüttelt den Kopf.

Vor den Schaufenstern schiebt sich eine lange Reihe Passanten entlang.

Aber niemand mit blonden Haaren und einem pinkfarbenen Rucksack.

«Damned», meint Ron plötzlich und haut mit der Hand aufs Lenkrad. «We should have asked Ritchie in which direction she was walking. She could be anywhere.»

Er bremst.

Vor ihnen ist ein hohes Tor mit einem Spruchband auf Chinesisch und einem typisch chinesischen Treppengiebel. Dahinter sind quer über die Straße bunte Wimpel gespannt – und auf der Straße sind jede Menge Leute.

«Fußgängerzone», stellt Karl fest. Er zeigt auf ein Schild. «Aber für Lieferwagen erlaubt …»

Ron schaltet die Warnblinkanlage ein.

«I only hope they'll take our lorry for a delivery van», erklärt er.

Sie rollen im Schritttempo weiter. Ein paar Mal muss Ron hupen, damit die Fußgänger vor ihnen Platz machen. Kopfschüttelnd biegt er in die nächste Seitenstraße ab.

«She could be anywhere», wiederholt er. «Let's have a look into the side streets …»

Er wechselt in den nächsten Gang und will gerade Gas geben, als ein paar Meter vor ihnen ein Taxi vom Straßenrand losfährt. Der Fahrer schaltet das «For hire»-Schild auf dem Dach aus. Offensichtlich hat er eben einen Fahrgast einsteigen lassen.

Tommi beugt sich weit vor zur Windschutzscheibe.

«Das … das ist sie!» Für einen Moment glaubt er, er hätte sich gerirrt. Aber dann stottert er: «Das ist Lise!»

Er zeigt auf das Rückfenster, hinter dem ganz deutlich ein Kopf mit langen blonden Haaren zu sehen ist.

«Du spinnst», sagt Karl.

«Das ist Lise, glaub mir!»

Ron gibt Gas und drückt gleichzeitig auf die Hupe. Mit einem halsbrecherischen Manöver schiebt er den Laster neben das Taxi und überholt. Von vorn kommt ein Mini mit aufgeblendeten Scheinwerfern. Ron schert haarscharf vor dem Taxi wieder links ein und steigt in die Bremsen. Hinter ihnen quietschen Reifen über den Asphalt. Der Laster steht kaum richtig, da reißen Tommi und Karl auch schon die Tür auf und springen raus.

Und da kommt ihnen auch schon Lise entgegen! Sie fällt Tommi um den Hals und lacht und weint gleichzeitig. Tommi drückt sie ganz fest an sich.

«O nein!», hört er Karl gleich darauf neben sich stöhnen. «Das ist der Typ von vorhin, Mr 32 000 Straßen!»

Tommi sieht, wie der Taxifahrer auf sie zukommt. Es ist

tatsächlich der Typ, der sie vorhin zum Piccadilly Circus gefahren hat. Und er hat sie auch wiedererkannt!

Er brüllt irgendetwas.

Aber dann ist zum Glück auch Ron da. Und Tommi kümmert sich nicht mehr darum, was der Taxifahrer brüllt. Oder was Ron zurückbrüllt. Oder was Karl macht. Sondern küsst nur immer wieder Lises Haare. Und dann Lises Gesicht und ihren Mund. Und Lise küsst ihn zurück und lacht und weint immer noch abwechselnd.

Bis Ron die Arme um sie beide legt und grinsend sagt: «May I invite you both into my lorry? I guess it's time to pick up your teacher and tell him the good news!»

«He should know already», sagt Lise lächelnd.

«Was!?», macht Karl verblüfft.

«I phoned Kirsten, just before I stopped the taxi. And she said she'd call Ernest to tell him.»

«But … but why didn't you phone Kirsten earlier on?», stammelt Tommi. «I mean, we tried to call you but …»

«My mobile was stolen», lächelt Lise.

«It was … stolen?»

«But now I've got it back.»

Lise hält ihr Handy hoch.

«It's a long story …»

«Kapier ich nicht», erklärt Karl.

«Let's go», sagt Ron und hält ihnen die Tür auf. «You can tell your story while we're driving.»

Das Taxi fährt hupend vorbei.

«Oh no!», ruft Lise, «I forgot to pay the fare!»

«He didn't want any fare», grinst Ron. «I persuaded him to be happy enough with his car not getting badly dented.»

Ron schiebt wieder die Kassette ins Radio.

«*That's all right mama, that's all right*», singt Elvis.

Während sie die Straße in Richtung Piccadilly runterfahren, versucht Lise zu erzählen, was passiert ist. Dass sie in der Markthalle in Covent Garden war und auf Tommi und die anderen gewartet hat. Und dass sie plötzlich gemerkt hat, wie jemand von hinten an ihrem Rucksack gefummelt hat. Aber da war es schon zu spät!

«A pickpocket», erzählt Lise. «Just a little boy, not older than twelve or thirteen. And he took my mobile in no time and ran off. But I followed him! I've always been a good runner! And I must have chased him through half the city …»

Bis nach Chinatown. Wo sie den Dieb dann plötzlich aus den Augen verloren hat. Und schon aufgegeben und sich gerade auf den Weg nach Piccadilly machen wollte, als sie ihn doch wieder gesehen hat.

«That must have been when Ritchie saw you», wirft Ron ein. «We'll tell you later», sagt Tommi schnell, weil er die Geschichte zu Ende hören will. «Go on!»

«So I was running after him», erzählt Lise. «And I was boiling with rage, believe me. That little bastard! He looked so cute, as if he couldn't do anybody any harm, but he was a real little bastard!»

Als er nämlich mitgekriegt hat, dass Lise wieder hinter ihm her war, hat er sie in irgendeine Hofeinfahrt gelockt.

«A stinking rat hole», sagt Lise. «With litter all over and no lights at all.»

Und dann stand der Junge plötzlich vor ihr und hatte ein Messer in der Hand!

«That little bastard!», sagt Karl empört.

«And?», fragt Tommi.

Und dann ging plötzlich eine Tür auf, und jemand ist auf den Hof gekommen.

«A cook from a Chinese restaurant», erzählt Lise, «who just wanted to smoke a fag.»

Und der Junge hat Lises Handy in einen Müllcontainer geworfen und ist abgehauen.

«And that's my story», sagt Lise. «But the cook was really nice. He helped me to get my mobile out of the rubbish bin and went for a cloth to wipe the rice off.»

Sie kichert.

«It was all covered with rice and noodles and mush-rooms!»

«You had more luck than judgement, I guess», erklärt Ron, während er sich vorbeugt, um nach Ernest zu suchen. Sie sind schon wieder am Piccadilly Circus! Und Ernest steht wie verabredet oben auf den Stufen an der Statue und winkt ihnen zu.

Ron hält. Ernest steigt ein und beugt sich zu Lise – und drückt ihr einen Kuss auf die Stirn! Dann dreht er sich zu Ron und küsst ihn ebenfalls.

«Oh what a night!», meint Ron nur grinsend. Aber es ist schon klar, dass er mindestens genauso froh ist wie Ernest.

Und wie Tommi. Und Lise selber. Und auch Karl, der jetzt vorschlägt, ob sie nicht noch irgendwo haltmachen wollen, um was zu essen.

«Um ein bisschen zu feiern», sagt er. «Ich finde, das muss sein! – And I'm inviting you all», setzt er hinzu. «I mean, as long as you're not too hungry! But a portion of fish and chips for everyone should be okay …»

«Don't worry», lacht Ernest. «I'll pay!»

«And I know where we can get the best fish'n'chips in London that you've ever had», erklärt Ron. «Have you been to the ‹Prospect of Whitby› before?»

Ernest schüttelt den Kopf.

«No», sagt Karl. «Never.»

Ron reiht sich wieder in den Verkehr ein.

Und natürlich muss Lise ihre Geschichte jetzt nochmal erzählen. Für Ernest. Aber Karl unterbricht sie nach jedem zweiten Satz, um irgendeinen Kommentar einzuwerfen. «That little bastard!» Oder: «He tried to set a trap for Lise, the little bastard!» Oder: «The little bastard had a knife!»

Während Tommi nur Lises Hand hält, ganz fest, als wollte er sie nie wieder loslassen.

🌉 Epilogue

Der Pub, zu dem Ron mit ihnen will, ist in der Nähe der Docklands. Und die Docklands sind die alten Docks von London, erzählt Ernest, der Hafen, der früher mal so was war wie das Herz von London.

«From the 16th century on, cargo from all over the world was landed there», erklärt Ernest. «But then the docks were badly firebombed during World War II, and never really properly rebuilt. Then came container ships and they needed deeper water, so they built new deep-water ports further towards the mouth of the river, closer to the North Sea. And nobody gave a shit about the docklands anymore …»

«Until they started to build a mini-Manhattan there, all ultramodern skyscrapers as offices for the Bank of America and Barclays and other criminals like that», setzt Ron hinzu und zeigt durch die Windschutzscheibe auf die riesigen Wolkenkratzer, die hellerleuchtet vor dem Abendhimmel aufragen.

«Mann», meint Karl beeindruckt, «echt wie in Amerika!»

«That's the Canary Wharf Tower», nickt Ernest. «It's over 240 metres high and the tallest building in London, home of the ‹Independent› and ‹Daily Telegraph› newspapers.»

«Nich so sön», meint Lise, nachdem sie eine Weile auf den gewaltigen Hochhausturm am Horizont gestarrt hat.

Sie legt ihren Kopf zurück an Tommis Schulter. «I don't like skyscrapers at all.»

Ernest zuckt mit der Schulter.

«It's kind of otherworldly. As if future has begun there already.»

«Wait for my pub», sagt Ron nur.

Sie fahren an leerstehenden Fabrikgebäuden vorbei. Die Mauern sind über und über mit Graffiti bemalt. Einmal überqueren sie ein Hafenbecken, in dem ölig schimmerndes Wasser an halb vermoderte Holzpfosten schwappt.

«Auch nicht so sön», sagt Lise.

Ron biegt ab. Dann liegt plötzlich die Themse vor ihnen. Wieder biegt Ron ab. Am Wasser entlang zieht sich eine Reihe kleiner Klinkerhäuser, die so aussehen, als hätten sie schon immer da gestanden. Arbeiterhäuser. Von den Leuten, die früher in den Docks beschäftigt waren.

«Better», sagt Lise.

Nach ein paar Metern biegt Ron in eine Parklücke.

«Here we are», erklärt er.

«Much better», sagt Lise, als sie hinter Ron her in das Pub kommen.

Die Kneipe sieht auf den ersten Blick wirklich aus, als hätte seit hundert Jahren keiner mehr irgendwas verändert. Der Boden besteht aus rissigen Steinplatten, und das Licht ist so duster, dass sie eher blind hinter Ron herstolpern.

Karl stößt Tommi den Ellbogen in die Seite.

«Mann, guck mal die Theke», sagt er begeistert. «Ist das irre? Da wirst du ja schon besoffen nur vom Hingucken!»

Karl hat recht. Die Theke ist wirklich irre. Auf dem Tresen sind messingbeschlagene Zapfhähne für die verschiedenen Biersorten, und dahinter reicht ein holzgeschnitztes Regal bis zur Decke hoch. Mit Hunderten von Flaschen! Und alles Whiskey! Oder Whis*ky*. Whisky aus Schottland und Whiskey aus Irland und Whiskey aus Amerika …

Sie suchen sich einen Tisch am Fenster. Vor ihnen schimmert die Themse in der Abenddämmerung. Weit weg sehen sie die Lichter von London. Und auf der gegenüberliegenden Seite flammen gerade die Straßenlaternen auf. Eine nach der anderen.

«Look at the lights along the river coming on one by one», flüstert Lise.

Tommi nickt.

«Echt schön!», sagt er und fasst unter dem Tisch nach Lises Hand.

Ron bestellt Fish and Chips für alle. Und Guinness für sich und Ernest und Karl und Cider für Tommi und Lise.

Als Ernest kurz aufs Klo verschwinden will, beugt er sich zu Tommi und sagt: «I hope this time you'll still be here when I get back.»

Er lacht dabei. Aber Tommi merkt ganz deutlich, dass er absolut sauer gewesen sein muss, als Tommi ihn vorhin in Soho versetzt hat.

«He won't move», verspricht Lise. «I'll keep my eyes on him.»

Als Ernest zurückkommt, setzt er zu einem kleinen Vortrag über Guinness an. Dass Guinness eigentlich in London erfunden worden ist. Als starkes und billiges Bier für die Londoner Hafenarbeiter.

«The porters», nickt Ron. «Which is why we still call a dark beer a porter.»

«I always thought it was Irish», meint Karl. «Because at home we have an Irish Pub and they only sell Guinness.»

«It is», erklärt Ernest. «Guinness is centainly Irish, but the story is that sometime in the 18th century …»

Tommi hört nicht mehr hin. Es ist ihm völlig egal, was irgendwann im 18. Jahrhundert passiert ist. Und warum Guinness zwar in London erfunden worden ist, aber eigentlich aus Irland kommt. Oder umgekehrt. Tommi interessiert etwas ganz anderes. Und er muss es jetzt wissen! Allerdings geht es nur Lise und ihn etwas an. Weshalb er sich ganz dicht zu ihr beugt und ihr ins Ohr flüstert:

«Have you made up your mind?»

«What do you mean?», flüstert Lise zurück.

«Do you love me or not?»

«Oh, Tommi …»

«No», drängelt Tommi, weil er das Gefühl hat, dass Lise ihm wieder ausweichen will. «I want to know. Yes or no? – Because I love you», setzt er noch ganz leise hinzu.

«And so do I», sagt Lise und küsst ihn mitten auf den Mund.

«Wait!»

Tommi guckt ihr genau in die Augen.

«I mean, are you sure? And you don't think I'm too young or too silly for you?»

«Not if you stop talking now and kiss me», sagt Lise und küsst ihn wieder. Und diesmal küsst Tommi sie zurück. Obwohl er nicht wirklich zufrieden mit Lises Antwort ist. Nicht ganz jedenfalls. Aber vielleicht ist es besser, wenn er sie erst mal nicht mehr drängt. Vielleicht muss er einfach ein bisschen mehr Geduld haben … Und Lise so lange schon mal ein bisschen zu küssen kann auf keinen Fall verkehrt sein!

«Achtung!», brüllt Ron gleich darauf. «Mann! Frollein! Dinner is being served!»

Tommi und Lise fahren mit roten Köpfen auseinander.

Die Bedienung stellt gerade die Teller auf den Tisch. Fischfilet und Pommes, und für jeden ein Schälchen mit Remoulade.

«Mann, ihr kriegt ja wohl gar nichts mehr mit», grinst Karl, während er sich schon den ersten Bissen in den Mund schiebt. «Aber wenn ihr keinen Hunger habt, kein Problem, immer rüber damit! Das Zeug ist echt gut …»

Der Fisch ist in Bierteig gebacken. Behauptet jedenfalls Ron.

«Fresh filet of plaice, baked in Guinness!»

Tommi hofft nur, dass sie die frische Scholle nicht ausgerechnet in der Themse gefangen haben. Aber Karl hat recht. Der Fisch schmeckt wirklich klasse. Vor allem die Kruste!

«Very, very delicious», sagt Tommi.

Ron lacht zufrieden.

«Mæltig godt», sagt Lise und pickt mit ihrer Gabel ein

Stück Kruste von Tommis Teller. Weil von ihrer eigenen schon nichts mehr übrig ist …

Nach dem Essen reden sie noch einen Moment, aber als Karl immer wieder gähnt und so aussieht, als würde er gleich mit dem Kopf auf die Tischplatte knallen, meint Ron:

«Time to go home. Rosie will be waiting!»

«And so will Helen», nickt Ernest und winkt nach der Bedienung, um zu zahlen.

Dann steigen sie wieder in den Laster. Tommi und Lise klettern mit Karl auf die Rückbank. Sie sind noch kaum um die nächste Ecke, da legt Karl seinen Kopf ans Seitenfenster und fängt an zu schnarchen.

«Too much Guinness», kichert Lise und rückt ganz dicht an Tommis Seite.

Ron schaltet das Radio ein.

«*Love me tender*», singt Elvis, «*love me sweet …*»

«*Never let me go*», fällt Ron ein. «*You have made my life complete, and I love you so …*»

Und dann singt auch Ernest mit: «*Love me tender, love me true, all my dreams fulfil, for my darling I love you, and I always will …*»

«It's just terrible», kichert Lise. «Was is das für eine slimme snulze?»

Tommi hält ihr die Hand vor den Mund.

«Hush! It's Elvis! And Elvis is God!»

«Terrible», sagt Lise. «Kitschy. Absolutely ridiculous … *Love me tender, love me sweet*», singt sie mit und versucht, ihre Stimme ganz tief zu kriegen.

Dann kann sie nicht mehr und prustet los.

Tommi ist nur froh, dass der Motor so laut dröhnt, dass Ron und Ernest nichts mitkriegen.

Sie überqueren gerade die Themse und fahren weiter durch einen Stadtteil mit Parks und Bäumen in den Straßen und schönen, alten Häusern. Ein bisschen wie in der Abbey Road, denkt Tommi, nur irgendwie … reicher!

«Richmond!», ruft Ernest kurz nach hinten. «The expensive home of many ageing rock stars!»

«Must be nice to live here», meint Tommi leise zu Lise.

«Yes, if you can afford it», nickt Lise. «Anyhow I'd prefer to live by the sea.»

«So would I», nickt Tommi.

«Tell me where you were, when you walked the streets of London on your own», sagt Lise plötzlich. «Let's see if we were at the same places by accident!»

«First I went to Westminster Abbey», fängt Tommi an. «And then on to the Houses of Parliament and Big Ben.»

«It's a pity I missed Big Ben», meint Lise.

«It's only a tower with a bell inside and a clock outside, and it sometimes goes bang! bang! bang! …»

Lise kichert.

«And then I took the tube to Soho», macht Tommi weiter.

«I was there too», sagt Lise. «Do you remember anything?»

«A fat man from Munich, a guy our age with a hood on, and …»

«Stop kidding me!», ruft Lise. «I mean a street or a shop!»

«Oh yes, I was in a poster shop, and there were two girls …»

«Two girls?»

«Lovely girls», nickt Tommi. «Both with long hair and really pretty, and they were German!»

Von der Irin mit den blauen Augen sagt er lieber nichts. Lise erklärt sowieso schon: «I don't want to hear about pretty girls with long hair. What else? Did you see Carnaby Street with all the little shops with crazy clothes and boots and hats?»

«I don't know», meint Tommi. «There were shops like that all over. But did you see the street festival?»

«What street festival?»

«There was a street festival with clowns and jugglers and fire-eaters …»

Lise guckt ihn an, als würde sie ihm kein Wort glauben. Aber wahrscheinlich hatte das Festival noch gar nicht begonnen, als Lise durch Soho gelaufen ist, überlegt er. Denn er und Karl haben ja zuerst auch noch die Parade mitgekriegt, mit der alles anfing. Und später war Lise dann schon im Museum …

«Yes», sagt er, «and Karl and I were stuck in the streets, which were absolutely packed with people and street performers. And we had a Guinness with a musician who was playing the guitar and had drums on his back …»

«You're kidding me again», erklärt Lise. «You never had a Guinness with a street musician, don't lie to me!»

«I can prove it», sagt Tommi und zieht den Handzettel aus der Tasche, den ihm der Typ mit den Locken gegeben hat. «Look!», meint er, «there were two of them, an old one and a younger one, and the younger one gave this leaflet to me …»

Er hält Lise den Zettel hin.

Während sie liest, guckt er ihr über die Schulter.

CONCERT, steht oben auf dem Zettel. TONIGHT AT RONNIE SCOTT'S.

«See, it's an advertisement for a concert», sagt Tommi. «As I told you. They were musicians.»

Lise scheint gar nicht hinzuhören. Sie zeigt nur auf die nächste Textzeile: RAY DAVIES FEATURING LUKE PRIT-CHARD AND THE KOOKS.

«Was?», macht Tommi verblüfft. «Do you think …»

Lise tippt auf die beiden Fotos, die weiter unten auf dem Zettel sind. Von dem älteren Typen mit dem Hut und der Gitarre und von dem mit den Locken.

«And you really talked to these men?», fragt sie. «And had a Guinness with them?»

Tommi nickt. «Yes, but …»

«But you didn't realize you were talking to Luke Pritchard? Luke Pritchard from The Kooks! You must have been standing right next to him! And you talked to him and … didn't even ask for an autograph?!»

«No, we …»

Im selben Moment dreht sich Ernest zu ihnen.

«What is it about, guys?»

Lise hält ihm den Zettel hin.

Ernest liest.

«Ray Davies!», ruft er dann laut. «Tonight! Wow! What a pity we didn't know that earlier. Ray Davies from The Kinks! He's probably one the most important rock musicians in the world. And his lyrics always read like a guide to the city …»

«And my little Tommi didn't have the slightest idea who he was talking to», stöhnt Lise und verdreht die Augen.

«Karl hat es ja auch nicht gemerkt», versucht sich Tommi zu verteidigen.

«And you really don't want me to think you're silly?», unterbricht ihn Lise.

Aber dann fängt sie plötzlich an zu lachen.

«Come here», sagt sie, «come closer. I want to kiss you! Og jeg elsker dig!»

«Forget about The Kinks and The Kooks», lässt sich Ron vom Lenkrad her vernehmen und dreht die Musik lauter. «Elvis is it!»

Ende

Wolfram Hänel wurde 1956 geboren, studierte Germanistik und Anglistik und arbeitete als Plakatmaler, Theaterfotograf, Spiele-Erfinder, Studienreferendar und Dramaturg. Mittlerweile sind über 100 Kinder- und Jugendbücher von ihm erschienen, die in insgesamt 25 Sprachen übersetzt worden sind. Er lebt mit seiner Frau und seiner Tochter abwechselnd in Hannover und Irland. Mehr über Wolfram Hänel unter www.haenel-buecher.de